保護猫と甘やかし同居始めます。

川琴ゆい華

幻冬舎ルチル文庫

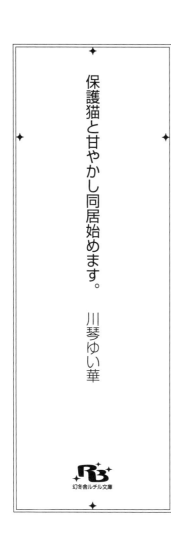

CONTENTS ✦目次✦

保護猫と甘やかし同居始めます。

✦イラスト・金ひかる

保護猫と甘やかし同居始めます。……3

あとがき……317

✦カバーデザイン＝久保宏夏（omochi design）

✦ブックデザイン＝まるか工房

保護猫と甘やかし同居始めます。

1.

「きみはもう自由なんだから、これからは好きなことをしていいんだよ」

あのときどうしてママがいつものように名前ではなく『きみ』と呼んだのか。

その訳を直接訊《き》くことはもうかなわないけれど、そこには『さようなら』と『ごめんね』と『愛してる』が入っているように思えて、あとからいくら考えても行深《いくみ》はママのことがやっぱり憎めない。

行深のママがじつは誘拐犯だったと知ったのは、二十歳《はたち》の誕生日だった。


夜の歓楽街には四角いのや丸いのやいろんなかたちのカラフルな光が、ちかちかぴかぴかして、まぶたの裏側の残像までまばゆい。

川辺を飛ぶ蛍《ほたる》の発光色、空に瞬《またた》く星のきらめきともちがう。電飾は点滅して騒がしく、なんだか「ほら、急げ、急げ」とせっつかれているかんじがして、無意識に歩調が速くなる。

――ついさっきまで静かな通りだったのに、急に雰囲気が変わった。空気のにおいもなんか独特だな……。

急に横から出てきた壁みたいな体型の外国人に「登山にでも行くの？」と英語で声をかけられたが、怖いので行深は分からないふりをした。少し前方には値踏みするような目で見てくる男たちもいる。マウンテンダウンジャケットに四十リットルサイズのリュックなんて背負っているため周囲から浮いて、絡《から》まれる要因になっているのかもしれない。

通りに立つ人の不躾《ぶしつけ》な視線を避け、行深はスマホの画面に表示した地図を見ながら、薄暗い路地をひたすら進んだ。

一月末で、都心でも夜の気温は零《れい》度を下回る日もある。

行深はマフラーに埋もれていた顔を上げ、辺りを見回した。

新宿駅から徒歩十分、『総武線《そうぶせん》のすぐ傍《そば》の細い路地を直進』と記されたところに目指す店がない。よくよく見ると、件《くだん》の地図の下のほうに『お電話いただけましたら場所を詳しくご案内いたします』と小さな文字が添えてある。

行深は書かれているとおりに電話をかけた。場所が分からないことを伝えると、電話の相手が迎えに来てくれるという。

「……わざわざ来てくれるなんて。親切だな……みんな」

行深はコンビニの明かりが届く建物の壁際に立ち、迎えの人を待つことにした。

行深が出会う人は総じて異様なほどにやさしくて親切だ。行深を保護してくれた民生委員で身元引受人の海江田《かいえだ》さん、担当カウンセラー、病院の先生も看護師さんも、警察の人も。

行深は生後二週間ほどの新生児の頃、いわゆる『赤ちゃんポスト』に置かれる寸前に誘拐され、その誘拐犯をママだと思って二十歳まで育てられた。棄児《きじ》で誘拐されたので本当の母親は誰なのか分からず、誘拐犯が行深の存在を隠していたためずっと無戸籍だった。

人目につかない山奥で匿《かくま》われていた間、行深はママとママのお友だちとしか話したことがなかった。その『ママのお友だち』はあらゆる悪事を商売にしている男で、別件で逮捕され、芋《いも》づる式に行深の誘拐事件も発覚したのだ。

保護されてからの三カ月間に、電車の乗り方、買い物の仕方など、一般的に小学生がひとりでできるようなことを一から教えてもらったが、世の中の常識や流行《はや》りなど、とにかく行深にはまだ知らない事柄が山ほどある。

それでもこれからはひとりで生きていかなければならない。とりあえず『成人男性が住み込みで働ける』という条件で仕事を探したところ、『ドミトリー付き、即金確約。手っ取り早く稼《かせ》ぎたい男性大歓迎』のアオリで『飲食店スタッフ募集』の求人広告を見つけた。

――いいも悪いも、経験しないと分かんないし。もしよくないかんじだったら、また次を探せばいい。

自立することで、アイデンティティを取り戻すなんて、そんな立派な大義名分のためというよりも。

――新しい世界を、僕は自分の目で見て、知りたい。そうやってひとりでちゃんと生きていくことが、僕がかわいそうな子じゃないっていう証明にもなるはずだから。

ちかちかぴかぴか光る電飾みたいに、行深の眸《ひとみ》はその好奇心いっぱいの心を映しているようだった。

2.

収入の多いほうを本業とするなら、降谷一路《ふるやいちろ》の本業は『新宿のボーイズバー　Ｒｏｍｅｏ《ロメオ》のキャスト』、副業は『Ｗｅｂマンガ雑誌で連載を持つマンガ家』ということになる。

「従事してる時間は、マンガ描いてるほうが圧倒的に長いけどな」

一路はコリンズグラスにシェイクしたカクテルとソーダを注ぎ、そうぼやいて苦笑いした。

バースプーンで軽くステアし、できあがったコアントローフィズを目の前のカウンター席に座る客に提供する。それを受け取った客、羽田慎太郎《はねだしんたろう》は会社員で、一路のマンガをときどき手伝ってくれるアシスタントでもあり、高校時代から続いている友人だ。今日は仕事帰りにスーツのままで、一路のバイト先に顔を出してくれた。

「マンガ家って、夢があって、がんばれば誰でもなれる職業じゃないんだからすごいよ」

「慎太郎、安いアシ代でつきあわせて、へテロなのにこうして飲みに来てくれるし、めっちゃいいやつ」

『ボーイズバー　Ｒｏｍｅｏ』は、キャストがゲイの客を相手にするバーだ。友人とはいえ慎太郎みたいに『ただ飲みに来るへテロ』というのは少ない。

「俺は一介の会社員だけど、一緒に夢を見させてもらってる。一路のマンガが爆売れしてドラマ化、映画化の報告、もうそろそろかな」

「慎太郎……いいやつだけど、ときどき目に粗塩《あらじお》をすり込むような毒舌になる」

映画化だのドラマ化だのは遥《はる》か雲の上の話だし、正直言って、マンガ家のペンネーム『帆《ほ》風《かぜ》一路』は「誰ソレ」と訊かれるレベルだ。

くすんと泣き真似《まね》をすると、慎太郎に「かわいくない」と突っ込まれてふたりで笑った。

金曜の夜だが、二十時近くという少し早い時間のため他のキャストはまだ控え室で待機中、慎太郎以外に客はいないからプライベートの話も遠慮なくできる。

そう思っていたら、店のドアが開いた。

「いらっしゃいませ……」

一路は反射的に声をかけたが、このバーのマネージャーが登山帰りみたいな格好の若い男をつれている。マネージャーは四人掛けのテーブルにそのまま彼を案内し、一緒に着席した。ということは、その若い男は客ではなくキャスト志望で、これから面接するのだろう。

細身で身長は百七十センチほどの、かわいい顔立ちの男だ。黒髪のせいか色白の肌が際立って見える。サイドの刈り上げとさっぱりした襟足《えりあし》のショートスタイルも若々しく、大容量のリュックといい、地方から家出してきた未成年かもしれない。ネオン管のジジジ……と鳴るコロナ音にすらびくっとして、おっかなびっくりといった様子だ。

店側は成人しか雇わないが、本人が嘘をついている場合もある。

──成人云々《うんぬん》の前に、ここがゲイ向けのボーイズバーってこと、分かってんのかな。しかも客相手にウリやってるキャストがほとんどなのに。

新宿二丁目ならゲイ向けだと分かりやすいかもしれないが、この店はその界隈《かいわい》から少々離れている。とはいえネットでしっかり調べればここがどういう店かは分かるだろうし、道案内のときに要件だけは説明されたはずだ。

──店に案内されてる途中で逃げきれずに、とりあえず来ちゃう子もたまにいるけど。

若い男は、壁に飾られたブラックチェリーや男性の裸体を描いたアートポスターに目をきょろきょろさせている。こういう『いかがわしい接待を伴う飲食店』に来たのがはじめてなのかもしれない。

「イチロー。面接すっから、こっちに飲み物、出してくれる?」

マネージャーが手を挙げ、一路に声をかけてきた。『イチロー』は一路のいわゆる源氏名だ。

一路は「烏龍茶《ウーロンちゃ》でいいですか?」と答えて準備した。

烏龍茶を注いだグラスをふたつ、トレーにのせて運ぶ。

「失礼します」

一路が若い男にグラスを差し出すと、彼にじっと凝視された。濁りのない、一途《いちず》に何かを訴えかけてくるような、意志の強さを感じさせる目だ。眸がやけにきらきらしていて、一路も思わず見とれてしまう。

――かーわいい。なんにも知らない仔犬《こいぬ》みたいな目ぇして。

一路がにこりとほほえむと、彼はひゅっと息を呑《の》み、眸を大きくした。そのままやけに熱っぽく見つめてくる。まるで少女マンガの中で恋におちた瞬間を描いたような反応だ。

そのタイミングでマネージャーのスマホが着信音を響かせた。スマホを確認するマネージャーの顔が「オーナーからだ」と一瞬険しくなる。

「イチロー、教育係としてちょっとその子の相手してて」

「えっ、教育係？　俺が？」

マネージャーは一路の反応を待たずに「身分証の確認もな」とさらに指示を出し、スマホを耳に当てながら席を離れると、慌ただしくカウンター裏手の控え室に引っ込んだ。

いきなり置き去りにされて、一路も気まずい。

一路は大学卒業後にここでバイトを始めて三年目の二十五歳、入れ替わりの激しいキャストの中では古株だ。おかげでマネージャーからの信頼も厚い。新人を押しつけられるのははじめてではないので、一路は仕方なく、その若い男の向かいに座った。

面接に来たとはいえ彼の履歴書は必要ないため、そこにあるのは店の業務内容を記した紙切れ一枚と、働くことが決まれば彼に記入してもらう契約書だけだ。

「いきなりだけど……きみ、成人してる？」

一路の問いかけに彼ははっとし、斜め掛けのバッグからマイナンバーカードを取り出した。

「……天野《あまの》行深くん。二十歳か。学生？」

受け取ったカードの住所は都内になっており、地方からの家出人でもなさそうだ。

一路の問いに、行深がカードをしまいながら首を横に振る。

「もしかして、こういう店にはじめて入った？」

不安そうな表情でうなずくものの、さっきからひと言も発さない。だから今度は別の心配が湧いた。

「えーっと……喋《しゃべ》れない、とか？」

「……っ……あ、いえっ、その、緊張してて……すみません。面接まで行けたのも、はじめてで……。あの、敬語をしゃべり慣れてないので、変かもしれなくて……ごめんなさい」

行深がしゅんとしたので、一路は「そっか。うん、だいじょうぶ」と朗らかに笑ってみせる。行深は一路の笑顔を見て、少しほっとしたように肩の力を抜いた。

「ドミトリーって、ここ……にあるんですか？」

「いや、店の近くらしいけど、俺は行ったことない。住み込み希望？」

行深は「はい」とうなずく。そのリュックに生活用品一式が入っているのかもしれない。

「住み込みの仕事を探してるってことは、目下、住むところがないってこと？」

「住むところと働くところがまとめて決まれば、助かるなぁって……」

そんな追い込まれた状況でボーイズバーへやってきたなんて、彼にどんな事情があるのだろうか。ここでは志望動機も身の上話も不要なので、あえて訊く気はないが。

「あの……さっきの人がここに来るまでにいろいろ説明してくれたんですけど、ちょっと何を言ってるのか、よく分からなくて……」

ほらな、やっぱり――一路はまぶたを閉じて天を仰いだ。マネージャーは相手が『もろもろ分かっていることを前提』で、大切な部分をはしょって説明したのかもしれない。

「この店、ゲイ向けのボーイズバーってことは分かってる？」

一路の問いに、行深が「ゲイ……ＬＧＢＴ？」とたどたどしく問い返してきた。そんな訊かれ方をあまりしないので、一路は違和感を覚えながらもうなずいた。

「男性キャストが男性客に飲食物を提供して、おしゃべりとか……するお店」

だいぶ綺麗《きれい》なところだけ説明したが、行深が「はい」と明るく爽やかな笑顔で答えるから、逆にこちらの不安が増す。マネージャーは、『ゲイを相手にする飲食店』とふんわり説明したのかもしれない。一路は「あー……」と苦笑した。

「ノンケのキャストも何人かいるけど……お客さんの中にはノンケを好む人もいるし」

「ノンケって……ゲイじゃないってことですか？」

「えっ、そこからっ？」

「すみません……あんまり詳しく知らなくて……」

ゲイ向けのボーイズバーに来ておいて、知らないといっても限度がある。

――かわいい系でこの容姿だから、即採用したいのは分かるけどさ……。

マネージャーとしては、彼をとりあえず働かせて、あとから種明かしするつもりだったのだろうか。雇うなら仕事内容について説明義務があるはずだし、一路が面接を受けたときはごまかされたりしなかった。実際、目の前に業務内容を記した用紙もある。

――それか……ひととおり説明されたけど、よく分かってない……とか？　なのにうっかり契約書にサインしてしまいそうだな。

一路は先に重要な部分を彼にお伝えすることにした。

「分かってなさそうだから教えるけど、ここ、ウリもやってるボーイズバーだからな」

行深はとくに顔色を変えることなく「ウリ……」と鸚鵡《おうむ》返しにするだけだ。

「本番アリ・本番ナシの売春。本番しないやつでも『キスとフェラはＯＫ』とか『キャスト側からの愛撫《あいぶ》はＯＫ』とか、サービス内容はキャストによる」

「フェ……？　本番……？」

ただ驚いているのとはちがい、意味が分かってなさそうに見える。どんだけうぶなんだよ、と呆《あき》れるくらいの反応の鈍さだ。

「男性客のペニスを口淫《こういん》……舐《な》めたりしゃぶったりとか、本番っていうのはセックスするってこと。『バックタチＯＫ』『バックウケＯＫ』ってのは本番の内容で……」

サイトにはキャストのプロフィールとともに、堂々とそれを表記している。

バックタチ・バックウケの詳細な説明は割愛したが、行深はようやく概要を理解したらしく、今度はざっと青ざめて頰を引きつらせている。

「お客さんと、セ、セックスなんて、できません」

「だろうな。見るからにそんなかんじ。そもそも男にキスとかフェラとかできんの？」

一路の厳しい問いに、とうとう行深は首を振って否定するだけになった。

大方、ＳＮＳの『ドミトリー付き、即金確約。手っ取り早く稼ぎたい男性大歓迎』に釣られ、『飲食店スタッフ募集』を鵜呑みにしたのだろう。今どきなら、面接に来る前にサイトくらいチェックするものだが、ＳＮＳのアオリだけ見てまるっと信じたのだろうか。

「ゲイでもなさそうだし」

一路のその言葉に行深は顔を上げたものの、明確な返答はなかった。

でも彼のような、ものを知らない『お金に困った人』が藁《わら》にも縋《すが》る思いで飛び込んでくることは珍しくない。そういう人の中には、男を相手にしたことがまったくないノンケもいる。学歴や職歴などいらない、働く覚悟さえあれば成人男性なら大歓迎の業界だ。

慎太郎が「だいじょうぶ？」というかんじでこちらの様子を窺《うかが》ってくるので、一路は軽く手を振って応えた。

「怖い情報を先に落としちゃったけど、俺はウリをやってないキャストだよ」

一路がおだやかにほほえむと、行深は目を瞬《しばたた》かせる。

サイトのプロフィール欄に、一路は自身の顔写真など詳細を載せていない。ウリをやっているキャストに比べれば断然実入りは少ないが、勤務時間・休日もある程度は自由に決められるし、マンガ家の仕事と両立させるために一路にとって都合がいい仕事だ。

「でもお願いされたら、軽くキス・ハグ・デートはする。ノンケのキャストも、それくらいはサービスしないとさすがに雇ってもらえない。俺は基本、バーカウンターでお酒を作って接客して、ときどきアフターデートでお客さんとラーメンとか食べたりはするかな」

特定の恋人をつくるつもりもないから、こういう仕事に就くことで身近な誰かを傷つけたりしないので、気兼ねする必要もない。ただ好きなマンガを描いて、自由に生きてきた。

——恋人ができれば、性風俗店で働くことも、もしかすると、マンガ家なんて毎月しっかり稼げない仕事もやめて定職についてほしいって相手が思うかもしれないな。

マンガ一本で食べていけたらいいのだろうけど、理想どおりにとはいかないものだ。

行深が安心するように自分の事実を話したが、これで彼を勧誘する気はさらさらなかった。

「きみがゲイで、もともとこういう世界に抵抗がないとか、もろもろ割り切ってどういう店か分かった上で働きたいならだけど……。ここの親会社はゲイビデオつくってるところだから、ノンケでも『ゲイ向けのAVに出演しないか』って何度も誘われるし」

「…………」

理解しているのかいないのか、行深は無言だ。ただ一路を見つめ、真剣に話を聞いている。

「そういう意味ではここは優良店で、無理やりウリをやらされるとかAV出演を強要されるようなことはない。ぜんぶ自分次第だよ。でもここで働いてるうちに少しずつ麻痺《まひ》して、『まぁいいか、それくらい』ってかんじで沼ってく子も実際いるから……」

ノンケだったのに、ウリで稼いでナンバーワンになったキャストもいたくらいだ。

「きみ……よく分からなくて来たなら、今のうちに帰ってもいいよ」

一路がカウンター裏手の控え室のほうへちらっと目を遣《や》ると、行深は驚いた顔をしていたものの、申し訳なさそうに「すみません……」と謝ってくる。

「だいじょうぶだよ。きみみたいな子は別に珍しくないし、俺がマネージャーにはうまく話しておくから」

話の途中で逃げられたとしても、こちらも暇じゃないのだから、働く気のない者をいちいち追いかけたりしない。

「いえ……自分でちゃんと断ります」

礼儀正しいというか、変にまじめな子だ。人をいい気分にさせる仕事なのだから、嘘も方便で多少のごまかしも必要だけど、こういうタイプはうまく立ち回れなさそうな気がする。

しかしここがだめだったら、彼はどこへ行くのだろうか。それが気になる。

ようやく電話を終えたマネージャーが出てきたので、一路はさっそく声をかけた。

「この子、ゲイ向けのボーイズバーを普通の飲食店と同じくらいに思ってますよ。タチウケもよく分かってないし、なんかまちがって来ちゃったみたいです」

判断するのはマネージャーだが、働かせるのなんて無理ですよ、という気持ちを言葉と表情にこめて訴える。

「マジ？」

マネージャーが険しい顔で行深に問うと、行深は怯《おび》えながら「すみません、ごめんなさい」とぺこぺこ頭を下げて謝った。


面接のあとすぐ帰るかと思いきや、行深はカウンター席に移動して店に残っている。一路が「珍しい体験だろうし、カウンターで飲んでく？」と声をかけたからだ。

——なんか引きとめたくなったっていうか……見るからに危なっかしいんだよな。

新宿駅から徒歩十分の間ですら、よく無事でいられたなと心配になるレベルだ。

このバー周辺にもいくつか同系の店があるが、オープンな雰囲気で観光地化しているような新宿の中心部とちがってかなりディープだ。不法就労の怪しげなアジア系外国人や売人も多く、うっかり薬物を渡されたりなどしかねない。

——冷やかしもレジャー目的の人もいなくて閉鎖的だから、マンガ描きながらこういう仕事しててても身バレしにくいけど。

面接が終わった頃に大柄マッチョボディの二人組の客が来店したのもあって、行深はカウンタースツールに座ってしばらくは落ち着かない様子だった。

一路がカクテルを作ったり、他のキャストや客と会話をしている最中、横顔に行深の視線を感じていたが、となりの慎太郎に話しかけられてしばらくすると落ち着いたようだ。あいかわらず口数は少ないものの、「名前は？」「歳《とし》は？」と問われ、今はカクテルをちびちびと飲みながらそれに答えるなどしている。

一路は他の客の前なのでプライベートについて明かさないが、会話の中で慎太郎は「俺はさっききみを面談してたイチローと友だちなんだ」と自己紹介していた。

カウンター内にキャストが増えたので、一路は客の相手を彼らに任せて行深の前に立った。

「そのカクテル、どう？　甘めのやつを作ってみたけど」

一路が戻ったからか行深はほっとした表情で「おいしいです」と答える。こちらまでほわっとした気分にさせられるような笑顔だ。一路も思わず釣られて笑みを浮かべた。

「ちょっと酔った？」

「……はい。なんかどきどきしてます」

行深は胸に手を当て、自身の心音を確認している。その頬がうっすら紅潮していて、具合が悪そうには見えない。気分よく酔えているようなので、飲ませた一路も安心した。

行深が飲んでいるのはヨーグルトリキュールとイチゴ酒を混ぜたカクテルだ。飲酒ははじめてらしいが、ビールより口当たりがいいので、アルコール入門としてはいいチョイスだったかもしれない。しかし甘口のカクテルは飲み過ぎると足にくる。

「チョコレート味のリキュールの『クレーム・ド・カカオ』とかコーヒー味の『カルーア』を使ったカクテルも飲みやすいよ。だから飲む量とペースに注意してね」

「チョコレート味のお酒もあるんですか？」

「チョコ、好き？」

わくわくもあらわに行深がうなずいたので、一路は冷蔵庫の中からキューブ型の生チョコが入った箱を取り出した。フードピックに一粒刺して、「あーん」と行深に声をかける。行深は少し戸惑ったものの、それを自身の口で受け取った。

手から直接食べてくれただけのことなのに、つい頬がゆるむ。まるでうっかり紛れ込んだ野生の小鳥を餌《え》づけした気分だ。

「チョコレートのカクテルはあとで作ってあげるよ」

行深は目を大きくして瞬かせ、口の中のそれをたっぷり味わってから、こくんと嚥下《えんげ》した。

「……おいしい。やわらかい……おいしい。こんなおいしいチョコはじめて食べた……」

眸をきらきらさせて「おいしい」を繰り返すのがかわいくて、一路はまた笑った。男たちの欲望が蠢《うごめ》くボーイズバーで、行深の周りだけやたらすがすがしくほっこりした空気が漂っている。一緒にいるだけでこっちまで浄化されそうだ。

「生チョコだよ。モエのシャンパン入り」

行深は「モエ……」と小さくつぶやいているが、おそらくなんのことかは分かっていない。一杯目を作るときに味の好みを訊く中で、行深がお酒どころか「コーラを飲んだことがない」と言っていたので、かなりの箱入りなのかもしれない。

反応があまりにもかわいくて、一路はもう一粒、「おまけ」と行深に食べさせた。

行深に感化されて頬がゆるんでしまったままでいると、慎太郎が冷やかしのひとつも言いたい顔つきで見てくる。一路は表情だけで「なんだよ」と返してそれをいなした。

「でも……生チョコもコーラも知らないって、よっぽど厳しく育てられたのかな」

慎太郎の言葉に行深は薄くほほえむだけだ。

すると慎太郎が「んー」と唸《うな》って首をかしげ、おもむろに口を開いた。

「あのさ……面接を受けてるときから気になってたんだけど……行深くんのこと、何かで見た気がするんだよね。ＳＮＳ……動画投稿サイトかな？　テレビだったかも……」

一般人の投稿動画がＳＮＳでバズって、情報番組で取り上げられたりする時代だ。しかし行深は「ＳＮＳって……ＬＩＮＥですか？」と会話の内容をあまり理解していない様子で問い返す。

「そういうクローズなやつじゃなくて、Ｔｗｉｔｔｅｒとかｔｉｋｔｏｋとか……」

聞けば、慎太郎が挙げたいくつかあるオープンなコミュニケーションツール、さらにＬＩ

NEも、行深のスマホにはアプリすら入っていないらしい。

ひと言で表現するなら『リアルなガラパゴス』だ。SNSを一切やらない主義という強《きょう》靱《じん》な意志を行深から感じるわけでもなく、現代社会の孤島で生きてきたのかというほど他人との関わりが希薄そうで、たんにスマホの便利で楽しい使い方を知らないように映る。

でも訳アリの客、訳アリのキャストだらけの街だから、この辺りでは個人的なことに踏み込みすぎる会話はできるだけしないのがお約束だ。

店内に客もキャストも増え、だいぶディープな雰囲気になってきたので、慎太郎が「じゃあ、俺はそろそろ帰るわ」と席を立った。

「いつもありがとな。あしたのこと、また連絡する」

『あしたのこと』とはアシスタントの慎太郎にお願いする作業についてだ。

カウンターから手を振って慎太郎を見送ったあと、行深のタンブラーがカラになっていたので、約束したチョコレートのカクテルを作ってやった。

「ゆっくり飲みなね。泥酔すると歩けなくなるから」

一路のアドバイスに行深は素直にうなずいてひと口飲み、「わ……これもおいしいです」とうれしそうにする。

一路は他のキャストのフォローに回ってカクテルを作ったり、おつまみを用意したりしながら、行深との会話を続けた。

「さっきの面接のときさ……ウリもフェラもタチウケもよく分かってなさそうだったけど、もしかしてえっち未経験？」

一路の直球の質問に行深はうろたえたものの、小さく「はい」と答えた。ここまでの彼の反応からすると想定内だ。

「キスもまだ、とか？」

少々踏み込んだ問いに、行深が気まずそうにうなずく。よく分からずに初面接に臨んだのがこの仕事なんて……と、一路は彼を少し気の毒に思った。

「えっちの経験云々の前にゲイでもなさそうなのに……あ、別にゲイじゃないことを責めてるわけじゃないよ」

面接の席では行深から明確な答えが返ってこなかったが、今度はおもむろに口を開いた。

「……自分がどうなのか、ちゃんと考えたことがないっていうか……」

行深は手持ち無沙汰《ぶさた》にカクテルグラスを弄《いじ》って、自信なさげに俯《うつむ》いている。

「それは、決めてもいいし決めなくてもいいんだよって、教わりました」

小学校の授業でもセクシャリティ教育がなされるらしいが、そこでの教えだろうか。普通は家族以外の人と関わって成長し、思春期を迎え、自身の性的指向を自覚していくものだ。

「ところで、その『タチウケ』っていうのは……？」

面接時に一路が説明をしなかった隠語だ。好奇心いっぱいのきらきらした目を、まっすぐに向けられている。分からない言葉を見逃さない、行深の純粋な勤勉さが眩《まぶ》しい。

「バックタチはキャストが客に挿入する。バックウケはキャストが挿入される、女役ってこと。ウケはネコともいうんだけど」

一路の説明に行深はいまいちピンときていない様子で、目を瞬かせている。

手っ取り早く理解してもらうために、スマホでゲイ動画を見せた。一路もカウンター側からその画面を一緒に覗《のぞ》き込む。

キスシーンが二十秒ほど流れ、フェラ、挿入セックス……とオーソドックスな展開が続く、だいぶぬるめの『いちゃらぶ動画』だ。

観賞中の行深は唾《つば》をごくっと嚥下している。そのあともまばたきを忘れて動画に釘付《くぎづ》けだ。てれるでもなく、はじめて性的なものを目《ま》の当たりにした衝撃と興奮にいっぺんに襲われた男子中学生みたいな反応に見える。

「ゲイ動画を見るの、はじめて？」

一路が問うと、行深は動画を凝視したままこくんとうなずいた。

「こ、これ、あの……何してるんですか？」

行深の質問に一路は困惑しつつ「だから、男同士のセックス」と返した。しかし行深は納得いかなげな顔をしている。

「下になって挿《い》れられてるほうがウケ。上にのってるタチが挿入してる」

「挿れ……挿れるって、どこに？　オスとメスの交尾の仕組みは分かってるんですけど……」

なんだか穢《けが》れを知らない小学生が、大人にする質問みたいだ。

彼の綺麗な眸で見つめられると、こちらとしてはとんでもなく不道徳なことを吹き込むような気持ちになる。

「あー……えーっと、まぁ、オスとメスの交尾なら普通は挿れるところじゃないもんな。男同士はアナルセックス。タチのちんちんをウケのお尻の穴に挿れるんだよ」

一路の明け透けな説明により今度こそ理解したようで、行深は瞠目《どうもく》し悲鳴を呑み込んだ。

無修正の動画はちょうど接合部が大写しになっている。喘《あえ》ぎ声も行為もだんだん激しくなってきた頃、行深は再び食い入るように動画を見ながら口を開いた。

「……気持ちいい……って、どんな……ふうに？」

動画のウケ役のほうが、タチに対して何度もそう訴えている。

しかし一路はタチで、そっち側の快感を体験したことがない。

「どんな……って……うーん……」

返答に窮していたとき、一路のとなりでこちらの会話を聞いていたキャストの雪夜《ゆきや》が、代わりに答えてくれた。

「俺はどっちもやるから知ってるよ。ペニスをこすって得るのとはちがう快感だね。よく『天国にいける』とか『身体《からだ》が浮遊するみたい』とか表現するけど、快楽なんてほんとは言葉で説明のしようがないから。手っ取り早く自分で経験してみたら？」

正論だが、行深にとってはきっと、とてつもない暴論にちがいない。

一路が反応を窺っていると、ふいに行深が茫然《ぼうぜん》とした顔を上げ、うっかり真正面から彼と目が合ってしまった。視線を逸《そ》らせないまま見つめ合い、一路のほうが焦る。

「手っ取り早くも何も、キスもしたことないって言ってるのに、ね」

すると、雪夜が「ふぅん？」と目を大きくした。

「じゃあ……とりあえずキスくらい経験してみれば？　今ここで」

彼が行深と一路を順に見て「どうぞ、どうぞ」と勧める。

そそのかされて一路は戸惑ったが、振り向けば行深は期待に満ちた顔つきだ。

――……マジ？

行深は客ではないが、面接は不採用で終わったし、一路の中でも彼の扱いが曖昧《あいまい》だ。放っておいてもよかったのを、寒空の中、危険な夜道を帰らせるのが心配で引きとめた。

最初から特別扱いをしている一路としては満更《まんざら》でもなく、行深がいやがっていないなら断る理由はない。

「キスしてみる？」

一路が軽く問うと行深はひときわ目を大きくして、いいんですか、と窺うようにうなずいた。

ここで「相手が俺でいいの？」なんて確認するほうが野暮だし、もたついただけ引いているように見えて逆に行深を傷つけそうだ。

「ん……じゃあ、そっちに行こうかな」

気が変わらないうちにと一路はカウンターを出て、行深のとなりの、もとは慎太郎が座っていたスツールに腰掛けた。カウンターを挟んでいた距離がいっきに近づくと、行深がきゅっとこぶしを握って緊張するのが伝わる。

「なんか俺までどきどきしてきた」

たかがキスと思っていたけれど、相手次第でその気持ちは変わるものなのかもしれない。

息をしてなさそうな行深の手の甲をちょんちょんとつつくと、彼ははっとした顔で呼吸を再開する。そんな行深をリラックスさせてあげようと、固まったこぶしを開かせて、指先を軽く握った。

「俺さ……十代の頃、ドラマとか映画みたいなキスに憧れてたんだよね」

「……ドラマ？」

「子どもの頃は、王子さまがお姫さまにするような、こう……相手の手を取って、指とか手にキスするシーンを見て、どきどきしてた」

行深の手を持ち上げて、その指先に軽くくちづけると、彼はまばたきを忘れたように一途に一路を見つめてくる。そのぽうっとした顔を見て、一路は思わず笑った。

指の次は手の甲。行深はぱちぱちと瞬いて、一路と目が合うと、今度はてれくさそうに笑う。そのはにかみ方がかわいくて、一路の胸に小さな火が灯《とも》る心地がした。

「大人が見るドラマとか映画だと、男性の俳優が顔を横に少し倒して、女優さんの横顔が綺麗に見えるようなキスをするのがいいなぁって……」

その憧れのシーンのとおりに一路は顔を左に傾けて、行深のくちびるに軽く重ねた。

行深はいっそう緊張しているのか、肩に力が入っている。

顔を離して覗くと、行深はぱっと目を逸らした。耳まで真っ赤だ。そのうぶすぎる反応を見て一路がふふっと笑ったために、行深が不安そうな顔になる。

「いや、ごめん。反応がかわいすぎるからさ」

一路まで胸の中に甘酸っぱいものが広がった。

客が相手でもこの程度のキスはする。その際とくに感慨もないし、当然こちらからしたいと思ったことはない。べつに慣れているつもりはなかったけれど、そういえばいつの間にか、憧れとか理想とか、こういうときめきを忘れていた気がする。

その戸惑った顔を上向かせて、もう一度キスがしたい。

――いじめたいわけじゃないんだけど、もっと恥ずかしがらせたいっていうか、困らせたいっていうか……なんだろ……このかんじ。

いつもは湧かない感情が芽生え、彼の反応をもっと引き出したいと思ってしまう。

そんなことをこっそり考えていたら、行深が一路の腕に組ってきた。

「今の、あっという間だった、から……あ、あの……もう一回……」

行深のほうから、まさかのおかわりリクエストだ。

あまりにも短いキスだったので、さすがに物足りなかったらしい。

一路は「いいよ」と軽くほほえんで、再び、ふにっとくっつけた。さっきよりはリラックスしているのか、行深のくちびるがやわらかくて一路のほうも気持ちいい。

顔を離して目を合わせたら、行深が「もっと」と言っている気がして、今度はしっかりくちびるが重なるようにキスをする。

たっぷり十秒くらい経《た》って離れると、行深の眸は潤み、最初よりもずいぶんとろんとろけていた。ゆっくりと瞬く睫毛《まつげ》まで濡れているのに気づいて、一路も思わずどきっとする。

すると、捲《まく》り上げていた一路の袖を、行深がきゅっと摑《つか》んだ。

「……さ……さっきの……動画でしてたのは、もっと……」

彼が舌を絡めあうキスを望んでいることに、一路は驚いた。

行深にとっては相当勇気が必要だったようで、奥歯をぐっと嚙《か》むのが見て取れる。

ボーイズバーの客とディープキスまではしたことがない。というか、もうすでに通常の『客対応用のキス』を何歩分か逸脱しているのだが。

でも行深は客じゃないから——などと、この瞬間に一路の中で言い訳が成立していた。

ふたりのキスをそそのかした雪夜の視線が、ちらっとこちらに向けられる。彼に「へぇ……客とはディープキスしないのに、その子とはしちゃうんだ？」とからかわれるかもしれない。それに、一路がウリをしないキャストだと知っている他の客の目もある。

「俺はウリやってないから、これ以上はしない決まりなんだよね」

一路がそう告げると行深の表情がいっぺんに暗くなった。一路の一挙手一投足で行深の感情が乱高下しているのが、素直すぎる反応から如実に伝わる。

一路は行深の腕を摑んで引き寄せ、ひそひそと耳打ちした。

『この仕事が終わる二十四時まで、あと二時間くらい待てる？』

「……待……」

しーっ、と内緒のポーズで行深を黙らせる。

そしてもう一度、彼の耳にくちびるを近づけた。

『あとでね』

間近で見ると、行深の頬はまるで若い桃みたいに瑞々《みずみず》しくて滑《なめ》らかだ。睫毛は多くも濃くもないけれど、伏し目がちにするとその長さが際立ち、ほんのり色っぽさもある。

顔を覗き込んで「ん？」と同意を求めると、行深はくちびるを引き結んでこくりとうなずいた。

――あー……何もう、これ、かわいいなぁ……。

衝動で思わず彼の頭をよしよしとなでる。すると行深の黒目がぐっと大きくなり、その口元がうれしそうにゆるんだ。

着ていた白シャツとカーディガンの上に極寒地仕様の中綿入りのジャケットを羽織り、一路がバーを出ると、地下から階段を上がりきった辺りに行深のリュックが見えた。帰り際に行深を先に店から出して、「出口のところでちょっと待ってて」と告げたからだ。

行深は壁を背にして俯いている。心細いのかリュックの肩紐《かたひも》をぎゅっと摑み、マフラーに顔が半分くらい埋もれた状態だ。

「お待たせ」

行深は一路に気づくと、ほっとしたような笑顔になった。

「変なのに絡まれなかった？」

行深はゆるゆると首を横に振る。

わずか五分程度だが、夜が深まるとこの辺はさらにやばい輩《やから》が多い。実際、十メートルほど後方を歩いている男は、通行人に絡んでいくもののおぼつかない足取りだ。

「そのリュックさ、生活必需品がぜんぶ入ってんの？」

一路の問いに、行深は「はい」と小さくうなずく。ぜんぶにしては少ないが、それを毎日抱えて移動するのはなかなか面倒にちがいない。

一路はビルの出口付近にとめておいた自転車の鍵《かぎ》を解錠した。自転車を押して歩きだすと、なついた仔犬みたいに行深がついてくる。

『あとでね』と約束してから二時間ほど経ち、あと四十分ほどで終電だ。

「……今晩、どこに泊まるつもりなの？　ホテルとか取ってる？」

住み込みの仕事を探していて帰る家がない彼を、今晩泊めることになるのかな――親しい友人でもない人を自宅に招くことはないから、慣れない状況の中で少々突き放したような訊き方になったかもしれない。

ややあって、行深は「飛び込みでカプセルホテルか、漫画喫茶に……」とぼそぼそ答えた。

ちらっと様子を窺うと、行深の眉も肩もしょぼんと下がっている。さっきの『あとでね』の約束を反故《ほご》にされたと思っているようだ。

途端に胸にぶわっと甘いものが広がる。一路は歩みをとめて行深の腕を摑むと、彼の反応を待つことなくくちづけた。なぐさめやフォローをするより先に衝動が来たのだ。

いきなりだったから、行深はただ驚いている。

重ねただけのくちびるを離し、一路は目を合わせてほほえんだ。

「あとでねっておあずけしたのはもっと濃いやつだけど」

行深は無言で一路を見つめてくる。

――あれっ……もしかして判断をまちがったかな。キスされたかったわけじゃない？

一路のほうはよくても、彼は泊めてほしいとまでは思っていないかもしれない。それでなくても、あの動画みたいなキスさえ経験できればあとはもう用なしとばかりに、「どうもありがとうございました！」と走って帰りそうだ。

そんなことをつらつらと考えていると、今度は必死な顔つきの行深に腕を掴まれた。

「あのっ……僕と、え、ち……せ、せっくす、してくれませんか」

行深の口から想定外の言葉が剛速球で飛んできたから、一路は唖然《あぜん》とする。

「……え？」

「さっきの……あの動画を見てから、ずっと、そのことを考えてて」

行深はカクテルを飲んでいたときよりもっと真っ赤だ。

ゲイ動画を観賞する間中、ずいぶん興味津々《しんしん》な様子ではあったけれど。行深は性経験のない、しかも明確に性的指向を自覚していない子だから、一路はキスの先のことは考えていなかった。

「……キスのついでにするには、だいぶ思いきるなぁ。『快楽は言葉で説明のしようがない。手っ取り早く経験してみたら？』を真に受けた？」

「知らないことはぜんぶ知りたいんです」

食い気味に返ってきた行深の声とその表情から、切実さが伝わる。ふざけているとか、単純な発散ではなく、彼がそれを切望しているように見えた。

行深のほうから求められてうれしいような、でも彼の必死さに対する戸惑いも若干あって、一路はなんともいえない複雑な心境だ。性衝動にまかせて「したい」と誘われるのではなくて、彼にとってそれはまるで『経験しなければならない事柄』みたいに聞こえる。

しかし、あまり治安のよろしくない場所で立ち話を続けるのはやめておきたい。

「……うち高田馬場《たかだのばば》なんだけど、歩くとここから二十分くらいかな。来る？」

「……いいんですか……？」

控えめに訊いてくるものの、行深のその眸はきらきらしている。

「この辺はやばいやつも多くて物騒だし。泊めるのはべつに構わないけど……まさかきみにえっちを誘われるとは思わなかった」

一路が笑うと、行深はリュックの肩紐をぐっと摑み、なぜか申し訳なさそうだ。

「……厚かましくて、すみません」

「いや……厚かましくはないし、誘いに乗ったら俺のほうがむしろどさくさっぽいでしょ」

一路の言い分を、行深は「いえ」と否定した。

「僕はもう成人だから、すべての責任は自分にあるんだって教わりました。自分でしたいことを自ら選んで、妥協できないくらいにいやなものは拒否できるってことも知ってます。でも自分がしたいからって相手の意思を無視しちゃいけなくて、だからそういうことも分かった上で僕は、……イチローさんがいやじゃなかったら……いいなって」

彼はすでに腹を括《くく》っているからか、逆にこちらを気遣ってくれている。さっきから一路のほうが驚かされっぱなしで、なんだか不思議な展開だ。

「……とりあえず、行こうか」

一路は再び自転車を押して歩きだした。行深も慌ててついてくる。

突然のお願いに困惑したが、ああいうボーイズバーで働いていれば、本気も冗談も含めて客から「えっちしよ」と誘われることなど日常茶飯事だ。ただそれを本気で言ったのが行深というところが相当イレギュラーだっただけで。

「……だからって連れ帰ったこともないし……」

一路の小さな独り言を、行深が「え？」と訊き返してきたが、「ううん」と笑って話題を変えた。

「うち、同居人いるけど」

「同居人……？」

途端に行深の足取りが重くなり、スンッと我に返った表情になる。一路の言葉に一喜一憂する、彼の素直な反応がくすぐったい。

「同居人は猫だよ」

「……ネコ……って……」

「あ、そっちのネコじゃなくてマジの猫だから。オス猫」

彼にとっては覚えたての専門用語だ。一路が笑って告げると、行深のこわばった顔が明らかにほっとゆるんだ。

「多頭飼育崩壊のところから助けた保護猫が一匹。猫は平気？」

「はい。猫を飼ってる家にお世話になってたので……好きです」

つまり、他人の家で暮らしていたのだろうか。あいかわらず彼の言動から素性を推察するばかりで、詳しいことは何も分からない。

薄暗い路地から、車通りのある都道へ。この先はマンションやコンビニがあるような住宅街が続き、路地に入っても比較的治安がいい。

自転車なら五分もあれば自宅に着く。一路があのボーイズバーで働いているのも、徒歩圏内というのが大きな理由だ。

「きみ……わりとこういうことするの？　出会ったばっかりの人についていくみたいな」

性経験がないというのもぜんぶ嘘だとか、純朴そうに見えてじつはスゴイんです、なんていう意外性のあるキャラや展開は、アダルトマンガで死ぬほど読んだ。

「えっ、いえ、はじめてです。一週間くらいカプセルホテルに泊まって、仕事を探して……それで……あ、あの、嘘じゃないです、ほんとに僕、知らない人についていっちゃいけないって言われてたし、だから……あ、でも、イチローさんもほぼ知らない人ですよね……」

「イカのおすし？」

一路の問いに行深は困惑顔で「いかのおすし？」と繰り返す。

「小学生が教わる標語だよ。忘れた？　知らない人についていて【イカ】ない・車に【の】らない・助けてと【お】お声で叫ぶ・【す】ぐに逃げる・大人に【し】らせる」

行深は最初ぽかんとしていたものの、言葉を咀嚼《そしゃく》してようやく合点《がてん》したのか「ああ、イカのおすし……なるほど」と目を大きくした。

おそらく全国的に防犯指導の中で使われている標語のはずだ。知らなかったのだろうか。こんなふうにときどき感じる不可解さはあるものの、悪事を働くような類《たぐい》の人物には終始見えない。だからこんな寒い深夜にひとりにするのが心配で、ひと晩くらい泊めてあげようという気にもなった。

「……僕は……ずっと安全なところにいたんです」

行深がぽつりと話し始めたので、一路はひとまず聞くことにした。

「安全なところで護《まも》られていれば、困らないしラクなんだろうけど、それじゃあだめだなって……。これからは今まで生きてきた時間より長く、ひとりで生きていかなきゃいけないし。一生、人に甘えて暮らすわけにいかないんだから、知らない世界に飛び込んでみようって」

つまり『自立したい』ということらしい。二十歳の男性としてはごく普通の志《こころざし》だ。

「それであのボーイズバーはいきなりのチョイスミスだと思うよ」

「仕事の選択はまちがってたかもしれないけど、イチローさんみたいな人に会えました。それに、いろいろ知れて楽しかったです」

どうしてそこまで信用されているのか謎なのだが、行深はにこにことうれしそうだ。

「俺の名前、イチローじゃなくて、本当は一路っていうの。数字の一に路地の路。さん付けは距離を感じるから、ほんとは一路って呼び捨てがいいんだけど」

「……呼び捨て……」

五歳も離れているため、行深のほうは呼び捨てにすることに遠慮があるのかもしれない。

「俺は『行深』って呼ぶね」

「僕は……じゃあ、一路……くん、って呼ぼうかな……」

行深は小さく「一路くん」と練習している。

「俺が本当はひどいやつとかだったらどうすんの」

一路のその問いに、行深は心外とでも言いたげな表情で目を大きくした。

「ひどい人なら、面接のとき『こっそり帰ってもいいよ』って、僕を逃がそうとはしないと思います。知らん顔だってできたのに、あの短い時間に、僕の不利益を考えて助けようとしてくれた」

それだけで『いい人判定』したのだろうか。表面上はいい人だけど変な性癖持ちのやばいやつ、なんてこともあり得るのだが。

「あと、僕にだけ生チョコを食べさせてくれました」

「ええっ、そこ？」

「他にも……お酒の飲み方とか、いろいろ教えてくれて、他のお客さんの相手をしてるときも、僕の様子をずっと気にかけてくれてたし。今だって、知らん顔しようと思えばそうできるのに」

湖面を思わせる黒い眸で一途に見つめられるだけで、どきっとしてしまう。

「まぁ……ついていく相手が知り合いだったら絶対だいじょうぶってこともないしな」

彼が一路を信用してついてくる理由もだけど、放っておけない自分の行動も不思議だ。

——面倒くさくなくて、後腐れない人とばっかりつきあってきたし。

まず容姿が好みか、次にフィーリングが合うか。いいなと思ったらつきあってみるというふうに恋愛のハードルは低いが、上澄みを啜《すす》るような浅いつきあい方しかしてこなかった。

だから適当に遊ぶつもりはなくても、結果的にワンナイトで終わることもある。

そんなワンナイトの相手や、アフターデートをしたボーイズバーの客を、絶対に家へ招いたりはしない。自宅は『マンガ家としての仕事場』という意識が強いからだ。歓迎するのはとくに親しい友人、最近は原稿を手伝ってくれる慎太郎くらいで。

——でもこの子は俺が連れてかないと、非道なやつに捕まりそうだし……。

まるで童話に出てくるような、どこかのお城に幽閉されていた子どもみたいにあまりにも世間知らずで、彼の言動が無垢《むく》すぎるから余計にそう感じる。

「それに野良猫や保護猫を助けて飼ってる人に、悪い人はいないと思います。僕がお世話になっていたおうちの猫も、野良出身って聞きました」

行深のその言葉で、自分はもともと世話を焼きたがりで、庇護欲が強いのだと思い当たった。実際、保護猫を大切に育て護るためにはマンガ家としての稼ぎだけじゃ不安なため、いろいろと都合のいいボーイズバーのキャストを続けているくらいだ。

一路が「それでも単純すぎない？」と笑うと、行深はおだやかにほほえんだ。

「いっとき同情を寄せるだけ、かわいそうって言うだけなら、簡単だから」

静かな住宅街に響く車輪の音、ふたつの靴音。

そして行深のその言葉がやけに一路の耳に残った。

3.

高田馬場にある一路の自宅は、かつて彼の祖父母が住んでいた築四十年の二階建ての一軒家で、現在は猫一匹とともに独り暮らしをしているらしい。

「俺が大学四年のときにばあちゃんが亡くなって、じいちゃんはうちの実家で同居している」

一路はそんな話をしながらドアを開け、玄関の電気を点けてくれた。

それまで彼は会社員の両親、二歳年下の妹と四人でマンション住まいだったため、子どもの頃から「大人になったらペットを飼える家に住んで、大好きな猫を飼いたい」という思いを抱いていたそうだ。

「風太《ふうた》、ただいま」

飼い猫の姿は見えないけれど、一路が暗い廊下の奥に向かってそう呼びかけ、今度は行深のほうへ振り向いて「どうぞ。上がって」と手招いてくれた。

「おじゃまします。お世話になります」

丁寧に挨拶し、脱いだ靴を上がり框《かまち》の手前でちゃんと揃《そろ》える。そういうふうに身元引受人の海江田さんに教わった。

ちゃりっと鈴の音がして行深が振り返ると、彼の飼い猫・風太がのっそりと現れた。海江田さんの猫と同じくらいの標準体型で、おなかの辺りが白、背中や頭が薄い茶色のしましま模様の、茶トラと呼ばれる毛色だ。

「あ、風太、またタオルの上にのってたんだろ」

風太は脱衣所にいたらしい。風太が離れた位置から不審そうな目でじっと行深を観察したあと、くるりと踵《きびす》を返し、廊下の先の階段から二階へ行ってしまった。

一路がフェイスタオル数枚を差し出して「うち、バスタオル使わないんだ。これ好きなだけどうぞ」と行深に渡してくれる。

「来ていきなりだけど、お風呂……あと十分くらいかな、お湯がたまったら入って。その間に俺はちょっと片付けして、部屋をあたためておくから。洗濯したいものは洗濯槽に放り込んどいて、俺のと一緒に洗う。ドライヤーはそこ。あ、カクテル二、三杯しか飲んでないとはいえ、長く浸からないように」

一路がてきぱきと入浴のための準備や指示をしてくれて、行深は「ありがとうございます」と礼を伝えた。

「そんなかしこまらなくていいよ。無理に敬語使わなくていいし。では、ごゆっくり」

脱衣所の扉が閉められ、途端にしんと静かになる。

そういえばこんな静寂は、海江田さんの家にお世話になった以来だ。

きのうまで泊まっていたカプセルホテルも、壁を隔てていてもすぐ傍につねに他人の気配があって、行深は落ち着かない時間を過ごしていた。

洗剤、柔軟剤、シャンプーとボディソープ、それらが混ざり合うやわらかな香りをかいで、行深はほっと息をついた。

ママと暮らしていた家とも、海江田さんの家ともちがうけれど、それぞれにいい匂《にお》いだ。

背負っていたリュックを下ろし、着替えの下着とパジャマ代わりのスウェット上下を出す。

このスウェットは海江田さんが「まずはうちでゆっくりできる服がないとね」と最初に買ってくれたものだ。やさしい話し方で、目尻《めじり》をしわしわにして笑う人だった。

——僕に本当にやさしくしてくれる人は、いなくなるものなのかな。

海江田さんは、行深に戸籍を与えてくれたときすでに余命宣告を受けていた。海江田さんと過ごせたのはたった三カ月だったけれど、まるで自分の本当のおじいちゃんと暮らしているような時間だったと思う。

行深はスウェットを両手に持って、顔を埋めた。ママが買ってくれた下着やパジャマは捨てられるか押収されてしまい、行深の手持ちの荷物の中にかつての匂いはどこにもない。警察官だったかカウンセラーだったかに『つらいことは忘れて、リセットするんだよ』と言われ、行深が今着ている服も、着替えも、上から下まで新しく買い揃えられたものだ。

虫が脱皮するように外側だけ取り替えられ、でも中身は幼い昔のままな気がして、行深は内心で、こういうことじゃないはずなのに、と思っていた。

「……つらいことなんて、なかったし……」

そんな行深の意見は聞き入れられるどころか「何がつらいことか分からないなんて、かわいそうに」と同情しかされなかった。

みんなやさしく、外側をなでてくれる。やさしくされるけれど、行深の味方はいない気がしてさみしかった。

でも、一路のやさしさは、それとは少しちがう。海江田さんのやさしさと似ている気がするけど、それともどこかちがう。

――受けとめる僕のほうの気持ちが、ちがうのかな。

どこがどうちがうのか分からないけれど、一路には行深の外側じゃなくて、内側にふれてほしいと思った。


行深が入浴をすませてリビングに入ると、部屋はエアコンとオイルヒーターであたためられ、風呂上がりの飲み物まで用意されていた。入れ替わりで今は一路が浴室にいる。

築四十年だが十年前に祖父母がバリアフリーにリフォームした家を、一路が自分好みの内装に変えたそうだ。リビングダイニングの左手にキッチン、リビングは壁のような本棚をパーティション代わりにした空間があり、そこは彼の仕事部屋らしい。

シンプルな浴室とちがい、リビングに入ったとき行深は「わぁ」と驚いた。

年末に見たクリスマスマーケットを思い出す。ストリングライトやカラフルなサンキャッチャーがいくつもぶら下がり、木彫りの謎のお面や剝製《はくせい》が壁にかけられ、羽根がついた派手な帽子や様々なキャラクターグッズが床や棚の上に並んでいる。

テーブルにはハリケーンランタンとキャンドル、アンティークっぽい色の焦げ茶色のソファーにはロックテイストのスタッズ付きのクッションと、チベットラムファーのクッション。どこを見ても、テーマや趣向がまったく統一されていない、おもちゃ箱の中に迷い込んだみたいな部屋だ。

――いろんなものがあるけど、お仕事の資料なのかな。それとも一路くんの趣味？

ここまでの道すがら、一路の本業はマンガ家だと明かしてくれた。

このリビングに入ったとき一路は「片付けできてないわけじゃないけど、ごちゃごちゃしてて落ち着かなかったらごめん」と謝っていたが、お世辞ではなく行深は「ぜんぶかわいいし、見てるだけで楽しいです」と答えた。

グレーが基調となった仕事部屋には、デスクトップパソコン、そのディスプレイが二台並び、さらにノートパソコンやタブレット端末、プリンターも二台、よく分からない機材もいくつかある。

彼はパソコンでマンガを描いているそうなので、紙やインクなどのアナログの画材がない代わりにデジタル機器が多いのかもしれない。

おもちゃ箱みたいなリビングとちがって、こちらは静謐《せいひつ》としている。なんとなく勝手に入ってはいけないエリアな気がするので、端から覗くだけだ。

本棚のリビング側には小説の文庫本や単行本、雑誌や専門書など雑多で、仕事部屋側の棚はびっしりとマンガ本が並んでいる。パソコンのすぐ傍にもまた本棚があり、そこにはマンガ以外の様々な本が入っているようだ。

「とにかく本がいっぱいだな……」

行深も子どもの頃から本をたくさん読んでいたつもりだった。でも監禁されていたところから保護されたのちに知ったのだが、行深が読んでいたのは児童書や図鑑、伝記など教養を身につけるための本がほとんどで、マンガ本も子どもが読むようなものばかりだった。

なぜならママがすべて検閲し、悪影響を及ぼしそうなものを排除して行深に与えていたからだ。行深の興味が外へ向かないように、「作者が書いた空想のものがたりよ」と刷り込まれていた。

カウンセラーや警察の人は「悪影響を排除したわけじゃなくて、二十年もの間、自身の犯行と犯罪を隠し、きみを監禁するための詭弁《きべん》だよ」と苦々しい顔で行深を諭した。

でもママ自身、それで永遠に行深を騙《だま》し続けようとは、目論《もくろ》んでいなかったのではないだろうか。実際、行深は年齢が上がってくると「この本の中の出来事が、外の世界では実際に起こってるんじゃないかな」と考えるようになったし、本当か嘘なのかも含めて、自分の目で見てみたいと思うようになっていた。

ママは「二十歳になったら、行深を解放するつもりだった」と自供したらしい。警察は都合のいい言い訳と受け取ったようだが、行深は、それはママの本心だったのでは、と今でも思っている。たまたま逮捕と重なっただけ。なぜなら、行深が二十歳の誕生日を迎えたその日にママは言ったのだ。

きみはもう自由なんだから、これからは好きなことをしていいんだよ——誕生日の手作りケーキと、たくさん準備してくれた手料理の前であのとき覚えた違和感を、ママの自供を知って行深は納得した。きっとママは、誕生日に行深を解放すると決めていたのだと。

どうして『二十歳』なのかは分からない。そこに『成人する』ということ以外に明確な根拠はないのかもしれないが、ママなりにどこかで区切りをつけないといけないと、もっと前から考えていたのではないだろうか。

行深を誘拐したママは、そこにどんな言い訳があろうと犯罪者だ。それは分かっている。

——でも……僕にはママを憎む理由がない。

二十歳まで生きてきた隔離された世界が、行深にとって紛《まが》うことなきすべてだ。だから外の世界にある真実、世の中のことを「教えてくれなかった」「知らされなかった」と怒りようがない。しかし、そういうふうに憤《いきどお》らないことすら周りは「かわいそうに」と行深の境遇を不憫《ふびん》がった。

——知らなかったなら、これから知ればいいだけだよ。

失敗するのなんか当たり前。学歴も職歴もなく、二週間ほど簡単に職業訓練を受けただけでは面接以前の問題だというのも、仕方のないことだ。そんな自分でもできることを見つけていくという毎日に多少の不安はあるけれど、得る喜びのほうが大きい。『この程度もできない』と知ることですら、発見だとも思う。

今後たくさんの経験が積み重なり、きっと行深の世界はもっと広く、分厚く、強固なものになっていくはずだ。だから行深の心は恐れよりもずっと明るい希望に満ちている。

「本棚にある本、読みたかったら読んでいいよ」

一路の声に、行深ははっと振り向いた。

「……あ……はい」

つい敬語の口調で返してしまったが、一路はタオルを首にかけた格好でペットボトルの水を飲んでいる。ボーイズバーでの白シャツにエプロン姿もかっこよかったけれど、ゆるいルームウェアでリラックスした彼はそれより色っぽさが増した気がして、行深はどきりとした。

一路はあんなふうに無言で何かをしていると、一見クールだ。でも話すとやさしい声色と口調で、笑うと目元がくしゃっとなって少しかわいくなるところがすごくいい。

ボーイズバーでは、白シャツの袖を捲った腕、カクテルを作るときの伏せ気味の目元、顎から耳までのラインも行深はとても気に入って、彼のかたちを覚えるくらいに何度も目でなぞった。

——綺麗なものを見るのって気持ちいい。

こうして彼の全身のラインを追っていると、さわってみたいと思う。

一路がこちらを振り向くのと同時に、行深は胸を高鳴らせつつ目を逸らした。あんまりじろじろ見ると、彼の気分を害してしまうかもしれない。

行深は一路の仕事部屋の前から離れ、リビング側の本棚を見上げた。彼がどんな本に興味があるのか気になる。

ライフスタイル誌もあれば、男女関係なくファッション誌もあるし、グルメ雑誌や専門誌など多種多様。部屋のインテリアもそうだけど、本もいろんなものが集められている。

「その面にあるのはほとんどがマンガの資料として買ったもの。使ったものもあれば、使ってないものも。その反対側の仕事部屋の面は俺が好きで集めたマンガ本。仕事部屋の机の横に置いてるのは現行で使ってる資料だから、そっちのだけさわらないでいてくれたらいいよ」

行深は「はい」と答えながら適当に一冊手に取り、ぱらぱらと捲《めく》って本棚に戻す……を何度か繰り返した。反対側のマンガ本ばかりの棚へ移動し、目についた本へ手を伸ばす。

「マンガ、読む人?」

一路が行深の横に並んだ。「読む人?」という質問の仕方が気になって、行深は不思議な気持ちで一路を見上げる。

「ほら、『大人になったらマンガなんて読まない。幼稚だ』っていう人もいるからさ」

それは知らなかった。でも行深も、普通の大人が好むのは自分が読んでいたような子ども向けのマンガ本ではないと、もう知っている。

「……マンガは好きだけど、ここにあるのは……たぶんどれも読んだことない、かな」

最初に手に取った本はなんだか怖そうな武器を持った血だらけの人だったし、ピンク色の背表紙の本は三分の二ほど引っ張り出してみたところで、そっと棚に戻した。だって、女の子のおっぱいがびっくりするほど大きく描かれていたからだ。

「こういうのも興味ある？」

一路が本棚から取りだしたのは、さっきのおっぱいババーンの本だ。行深が思わずぎょっとすると、一路は涼しい顔でそれを捲った。

「アダルトマンガ。このマンガ家さんが描くやつは、胸を抉《えぐ》ってくる展開とか余韻のあるラストが好きなんだよね。エロシーンにリアリティがあって、いやらしい。おっぱいはまぁ、読者のニーズにプロの腕で応えてこのとおり誇張されてるけど」

行深は一路の横顔をじっと見つめた。

「一路くんは……ゲイなのに？」

「俺はおっぱいには興奮しないよ。でもセックスって行為そのものに、性的指向は関係ないって思ってるから」

性的なものからかけ離れた生活をしていたせいで、行深はそういう刺激に耐性がない。とくに異性の裸に対して異様なほど羞恥心《しゅうちしん》が湧いてしまう。

さっきのバーで「ゲイ動画を見るのはじめて？」と訊かれてうなずいたけれど、じつはそれ以外の、男女のＡＶだって行深は見たことがない。図鑑に載っているような動物の交尾や人間の生殖について生物学のひとつとして知識があるだけ。でもそんなことを言うのは「きっと変なんだろう」と、なんとなく察して黙っていたのだ。

一路にそのマンガ本を差し出され、かあっと耳まで熱くなりながらも受け取った。

「真っ赤だ。さっきはバーでゲイ動画をガン見してたじゃん」

「……同性の、男性の裸はわりと直視できるというか」

直視できたせいで、細部まで見てしまったのだが。

「じゃあオナニーのとき、どうすんの。アダルト動画とかネットの拾い画像？　雑誌？　妄想？」

あまりに無遠慮な質問に行深が固まっていると、「まさかオナニーもしたことないとかじゃないよな？」と一路は怪訝《けげん》そうに問いかけてくる。だから彼が行深をからかうつもりで訊いていないことは伝わった。

「……するときは、何も見たことないです」

行深はますます頬を熱くさせる。

保護された際に病院でもオナニーについて訊かれたが、監禁生活中にそういうことを教えてくれる人も手段もなかったため、いまだに正しいやり方すら分かっていない。でも誰かに教わらなくても、ペニスがこすれると気持ちいいという感覚は得ていた。だから保護されたあと、あれってオナニーっていうんだ、と合点したというわけだ。

こういう告白は恥ずかしいという気持ちが強いが、一路にならら少しだけ話せる気がする。

「手でこするっていうのを知らなかったから……」

「えっ、あ、じゃあ床オナ？　それはえっちで射精しづらくなるからまずいよ」

「……だから自分でするのもヘタっていうか、うまくできなくて……」

さすがの一路も「そう……」と驚いた顔をしている。

——……今のは話さないほうがよかった？　引いた？

身の置き所がなく行深がそのマンガ本を持ったままソファーへ移動すると、ついてきた一路もとなりに座った。それから片脚だけ座面に上げた座り方で、横からマンガ本を覗き込んでくる。

「一路くんは……こういうマンガ本、見ながら……する？」

訊くのも恥ずかしくて小声になってしまうが、一路は「俺はヘッドホンで動画派」とあっさり答えてくれた。

「本だと開いたページがばらばらばら～って閉じちゃうだろ。オナニーすんのにいちいちブックスタンドとか必要なんて面倒じゃん」

一路の言い方がおかしくて、行深も笑う。

「でもヘッドホンって……するときに必要……？」

「ASMR的に、耳に喘ぎ声とかえっち音が入ってくるかんじがいやらしくていい」

「え、えーえす……え？」

はじめて聞く単語だ。ネットスラングや最近流行っている言葉は、その都度説明してもらうしかない。

ASMRはアスマーなどとも呼ばれ、『息遣いや咀嚼音、その映像で、聴覚や視覚を刺激されて身体がゾクゾクする反応』をさすのだと、一路が教えてくれた。

なんとなくなりゆきで、そのままふたり並んでそのアダルトマンガを読んだ。

えっちなシーンのところどころで体内がスケルトンみたいに表現されていたり、断面図になっていたりする。

「こういう断面図……人体図鑑で見たことある」

行深のつぶやきに一路は、あははと笑った。

しかし、子ども向けの人体図鑑では子孫を残すためのメカニズムを簡単に説明されていても、ペニスが膣《ちつ》のどの辺まで挿入されているかなどは載っていない。『セックスは自分の大切な部分を見せたり触られたりさわられたりする行為なので、それを互いに許せる特別な人とするもの』というふうに、その説明も抽象的だ。

——セックスで射精すると妊娠する、っていうのは分かるんだけど、どういうふうにするとそうなるのかとか、いまいち分からなかった。

こうして体内が分かりやすく可視化され図解されているおかげで、行深ははじめて、セックスがどういう行為なのか、図らずもアダルトマンガによりその詳細をはっきりと理解した。でもマンガの中であえてそれを図解する必要性や意図が、行深には分からない。図鑑みたいに見えるからかどきどきが遠のいたけれど、延々続くえっちシーンの中で、『気持ちいい』という快感の描写がやっぱりここでも気になった。

「……一路くんのマンガは？　一路くんもこういうの、描く？」

「俺のは……ジャンルでいうと青年マンガ。えっちシーンは必要だと思ったら描く。単行本は二冊出てるよ。今やってるのはＷｅｂマンガ雑誌の連載。あとで見る？」

行深はうなずいて、そのアダルトマンガを黙々と読んだ。読んでみて、一路が「こういうところが好き」と言っていた意味は分かるし、なるほどと思ったけれど、行深の興味はそのストーリー性や性描写の巧みさではなく、どうしても別の部分に向いている。

「……『中が気持ちいい』って……どんなかんじなんだろ……」

バーで見たゲイ動画でいうところの、アナルで得る快感と一緒なのかな、ちがうならどうちがうのかな……などと、行深の疑問は果てしなく連なっている。

「まぁ、俺たちは男だから、女の子のそれがどんなもんなのかは、ひっくり返っても一生かけても分かんないよな」

「僕は……自分の身体で分かることなら、知りたい……」

ここへ来るきっかけは行深が「セックスしてくれませんか」と一路にお願いしたからだ。未体験のことだけど怖いという気持ちは湧かず、この段階でも好奇心しかない。読んでいたマンガ本をテーブルに置き、一路と向き合う。

「僕も、『気持ちいい』を知りたい」

素直に訴えると、行深を見つめていた一路が手の甲をちょんちょんとつついてきた。

「手、つなごうか」

誘われて、行深は一路が差し出してくれた手に遠慮がちに手を重ねると、心地よい力できゅっと握ってくれる。

そういえばママ以外の誰かと手をつないだことがない。

指を絡めてつなぎながら一路がやわらかにほほえんで、だから行深も自然と顔がほころんだ。なんだか心までつながったような、不思議な気持ちになる。

あたたかくて、しっかりと受けとめてくれる強さもあって、彼の親指がするっとすべった辺りは心地いい。

「一路くんが指でなでてくれたところ、気持ちいい」

「ふぅん？」

今度は一路が親指の届く範囲だけ、車のワイパーみたいに動かしている。

「それはちょっとくすぐったい」

行深がふにゃりと笑うと、指と指がもっと深く絡まって、しっかりつながった。行深から目を合わせたら一路はにこりとしてくれて、彼の笑顔に今度は胸がじんとする。

少し垂れ気味の綺麗な二重の目が細くなる、彼の笑い方がすごく好きだなと思う。

行深は吸い寄せられるように一路に近づいたものの、そこからどうしたらいいのか分からない。ただ、もっとくっつきたい、という気持ちがとまらない。

「……一路くん」

困ったあげくに、小さく名前を呼ぶ。

すると一路がつないだ手を持ち上げて、行深の指に軽くキスをくれた。

バーでもしてくれた、王子さまがお姫さまにするやつだ。あのときも頭の中で花火が上がったような驚きだった。

行深が動けずにいると一路が迎えに来てくれて、しっかりと抱きとめられた。

「まずは、ハグ」

一路に抱きしめられ、なんとも表現しがたいほどの心地よさが全身に広がっていく。

自分のすべてを受け入れられたような錯覚に、行深は深く陶酔した。

そういえば、小さい頃はママがぎゅっと抱きしめてくれていたけれど、さすがにこの歳になればそういうふれあいはなくて、保護されてからの三カ月間は当然皆無だった。

行深も一路の身体に腕を巻きつけ、ぎゅっとすると、互いが吸着しあうような不思議な感覚になる。

「……うれしい……」

行深の口から、思わずこぼれた。

「……うれしい？」

「人とこんなふうに抱きあったことがなくて……知らなかった……。どきどきよりも、なんだか、ほっとする……」

一路の肩に頭を預け、人に身を任せる心地よさをはじめて知った。

「ハグセラピーっていうのがあるくらいだしな」

保護されたときに心理医療とか物理療法とか、セラピーと呼ばれる医療行為も受けたけれど、そういうものとはちがう。このぬくもりに寄り添いたいと、行深自身が思っているからだろうか。

行深は自分の頬を、ふれあっていた一路の頬にすりっとすりつけた。皮膚《ひふ》がこすれるだけで気持ちいい。

すると行深の頬に、一路が軽くキスをくれた。くすぐったくて笑うと、たわむれみたいに音を立てて何度もしてくれる。一路も喉の奥で笑って楽しそうだ。

「い、一路くん、……口にも」

動画の中の彼らがしていたような、アダルトマンガで描かれていたみたいな、ああいうキスをしてみたい。

「せっかち」

そう言って笑い、顔を覗かれたかと思うと、一路のくちびるが行深のくちびるにふにっとくっついて、立て続けに三度キスをされた。

じっと見つめられ、今度は一路が顔を傾けながらくちづけてきたので、さっきのよりもしっかりと重なる。一瞬、無意識に肩に力が入ってしまったけれど、そこを一路がなでてくれたから、すぐにゆったりとほどけた。

バーでキスしたときは、ここまでで終わりだった。でももう合わさる角度や重なり具合が変わっても、くちびるが離れない。一路の腕の中でかわいがるようにくちづけられて、耳は発火しそうなくらいに熱くなり、胸がどきどきと高鳴る。

頬を手のひらでなでられただけで、背筋が揺れた。一路にふれられるところすべてが心地いい。実際、行深はいつの間にか、とろりとした気分でまぶたを閉じていた。

指でくちびるを軽く開かれ、そのあわいに彼の舌が滑りこんでくる。途端に身を硬く窄《すぼ》ませてしまったけれど、上唇をゆるく食《は》まれ、丁寧にこわばりをとかれていく。

「……舌、出して」

やさしく命令されて行深は目を薄く開き、そっと舌を差し出した。

吐息が震える中、ふたりの舌先が一点でふれあう。他人にふれられたことなどない場所を舐められ、びっくりして咄嗟《とっさ》に目を瞑《つむ》ると、その隙間に彼の舌が潜り込んできた。

「……っ……」

ぞろりと表面がこすれあったら、もう口を閉じられなくなる。一路の舌が深く入ってきて、行深の肩がまたびくっと跳ねた。そんな行深のことを面倒がらずに、だいじょうぶ、と伝えるように再びそこをさすってくれる。

そうやって何度も宥《なだ》められるうちに、一路にふれられたところぜんぶがふわっと柔《やわ》らかになった。

「俺がするみたいに、行深も舐めて」

一方的にされるがままだった行深も、一路の舌の動きを真似《まね》てみる。絡み合って、表面や側面がこすれあうのが気持ちいいのと同時に、一路のほうも鼻腔《びこう》から感じ入るような声を漏らすのに気づいた。

——僕が動くと、一路くんも一緒に気持ちよくなれるんだ……。

頭でそう理解はしても、巧みな彼にあっという間に呑まれてしまう。ゆるく舌を吸われると背筋が痺《しび》れ、下肢がぞくぞくとして、行深は喉の奥で震え声を漏らした。

「ん……ふ……」

一路の舌は、行深の舌下や上顎《うわあご》、頬の内側にまでふれてくる。

くちづけをとかれた途端、姿勢を保てなくなった行深は一路の胸にもたれかかった。彼に抱きとめられて、薄い肩を上下させる。

「……気持ちよかった?」

腕の中の行深に問いかける声も甘くやさしい。行深はぼんやりとした心地でうなずいた。

「自分のセクシャリティもよく分かってなさそうだったけど」

「セクシャリティ……?」

「だから途中で『やっぱやだ』ってなったら言って」

行深が言い出したことなのに、一路はだいじょうぶかどうかを気遣ってくれる。

彼のやさしさをそのまま映したような一路の相貌《そうぼう》と表情を、行深はじっと見つめた。

一路はやさしいだけじゃなくて、マンガ家じゃなかったら芸能人になれそうなくらいの美男だ。整った顔とすらりとした体型で、あのボーイズバーで他の誰より目立っていたように見えた。

「一路くんは、やさしいだけじゃなくて、かたちが綺麗でかっこいい」

「かたち?」

「僕が会った人の中でいちばん。目も鼻も口も。髪も、指も腕も。かたちがとても綺麗。だから一路くんのことをさわりたいなって思うのかも」

一路は「いちばんなんて」と苦笑している。彼はお世辞と受け取ったようだが、行深の世界は二十年もの間、狭く閉ざされていたことを知らないのだからしかたない。でも解放されて以降に、俳優やアイドル、モデルといった華やかな容姿の人たちをテレビなどで見たあとの印象だから、「いちばん」も大げさじゃないと思うのだ。

――……僕のことを話したい気持ちはあるけど……今は引かれたくないし。

海江田さんと『自分の過去について、会ったばかりの人に話さない』と約束した。

自分の生い立ちが、異常なことは承知している。世の中の常識だって知らないことのほうが多い。だから悪意を持った者がそこにつけいってくることを、海江田さんは心配していた。

他にも、『信頼できる、大好きな人以外に、身体や髪やくちびるをさわらせないこと』『いやだという拒否の意思を伝えるときは笑わないこと』『もしも困ったら、ちゃんと信頼できる人か、わたしに相談すること』――など、海江田さんとの約束はたくさんある。

でももう海江田さんはいないのだ。身体を突き動かす情動に素直に従うべきなのか、踏みとどまって熟考するべきなのか。誰かに判断の指針や答えを委ねるものではないなら、自分の直感を信じるしかない。

花や鳥や「綺麗だな。さわりたいな」と思うものはいくつもあるけれど、行深が人に対してそんなふうに思ったのははじめてだったのだ。

さわりたいという欲求は同時に、さわってほしいという欲望も伴っている。

「……僕のことを、もっとさわってほしい」

行深が彼の手を取ると、一路にその腕を引かれ、心地よい強さで抱きしめられた。

「……キスも……」

よくばりを言っても許されて、抱きとめられたまま再びくちびるが重なる。

人に身を委ね、包《くる》まれると心地いい。キスは重ねるだけじゃなくて、表面をくすぐるようにされたり、くちびるを食べるみたいにされたり、しゃぶられたり、いろいろ。頭の中までゆっくり掻《か》き混ぜられている気がするほど、カクテルを飲んだときよりずっとくらくらする。

マンガも動画も見て、キスとはどういう行為なのかを理解したつもりでいた。でも本当にはぜんぜん分かっていなかったのだと、こうしてみて実感している。

「は……」

息を継ぐときに声が漏れてしまう。行深は恥ずかしくなって目をきつく瞑り、一路にしがみついた。その背中を、彼が大きな手のひらで大切なものにするようになでてくれる。

一路のキスは気持ちいいけれど、ものを考えきれなくなるし、どきどきがすごくて息苦しく、目尻に涙が滲《にじ》んだ。

「……んぅ……ふ……」

口腔《こうこう》を嬲《なぶ》られる一方で、指でやさしくその涙を拭《ぬぐ》われる。

「……だいじょうぶ?」

くちづけられながら問われ、行深はしがみついていた手に力をこめて「ん……」と答えた。

苦しいけれど、キスをやめてほしくない気持ちでいっぱいだ。それが一路に伝わったようで、いっそう強く抱擁され、口内のもっと深くを弾力のある舌で抉られた。

キスはくちびるだけじゃなくて、頬や耳朶《みみたぶ》や首筋にも。その辺がくすぐったいのは一瞬で、口で愛撫されると気持ちよくて鼻を鳴らしてしまう。

耳に「これソファーベッドなんだ」と吹き込まれ、行深は瞑っていたまぶたを上げた。

行深の頭側に肘掛けがあり、そこに背もたれを倒すレバーがあるらしい。一路に片腕で抱きとめられたまま、そのレバーを操作される。一路の身体が体格差のある行深を覆い、そんな些細《ささい》なことにもきゅんとした。

行深はほとんど抱えられた状態から、フラットになったソファーに横たえられた。

一路の手が上衣の裾から入って素肌にふれる。脇腹の骨を一本一本なぞるような指の動きに、行深は奥歯を嚙んだ。声を吞んだそばから小さな乳首をつままれ、息が跳ねる。

「俺の手、冷たくない?」

行深は身を震わせながらも、首を横に振った。だって、彼の手が冷たいわけじゃない。

一路がくちづけてきて、最初から舌を絡めあうキスになった。その一方で、腰や腹、胸を、彼の指や手のひらでなでられる。乳首を指先で転がされたり、爪《つめ》でそっと掻かれたりした。

「……んっ、う、ふっ……」

くすぐったいのと気持ちいいのが混じって、息が弾み、キスの途中で変な声が出てしまうのが恥ずかしい。

それよりもっと恥ずかしいことが起こった。いつの間にか下衣に手を突っ込まれている。行深が固まっていると一路の指先が下着の中に入り込んできて、半勃《はんだ》ちのペニスを手ですっぽりと包まれた。

大きな手で全体を揉《も》まれただけで、そこはあっという間に充血する。性に未熟な雁首《かりくび》を指の輪っかでこすられて、行深はどうしようもなく声を上げた。

「……ふっ……っ……んぁっ……」

「ここ……笠《かさ》のトコ好きそう。あ……手でうまくできないんだっけ」

「……っ……んっ……」

他人にされたことがない上に、まちがった自慰の方法しか知らなかったのだ。

一路に手を取られ、自分自身のペニスに導かれて握らされる。その手に一路も手を重ね、自慰を加勢された。

一路が教えてくれた笠のでっぱりに指の輪がこすれるように握り込まれる。

ペニスはずきずきするほど勃起して、最初は刺激のほうが強かったけれど、先走りが漏れだした頃に、だんだん快感だけを拾い始めた。

「……んっ、ふっ……っ……」

「気持ちよくなってきた……？」

身を突っぱねながら一路の腕の中でうなずくと、同時に口で首筋も愛撫してくれる。二カ所から湧く快感に、行深は息も絶え絶えだ。

はじめての快楽を味わってぐったりしていたら、腰を抱えられ、手早く下衣を脱がされた。

「手でするのより、もっといいことする？」

「……もっと……？」

「フェラ。舐めたりしゃぶったりする」

バーの面接のときに言われたやつだ。ウリをしているキャストたちは、他人のペニスを舐めたりしている——自分だったらとてもじゃない、と行深は思うが、ゲイ動画でもアダルトマンガでも、当たり前みたいにそれをしていた。

一路の頭が行深の下肢へ下りていく。

さっきお風呂でちゃんと洗ったけど——と戸惑う間もなく、先端にキスをされた。剝《む》きだしの粘膜をべろりと舐められ、頭が沸騰しそうになる。

「——っ……！」

口に含まれ軽くしゃぶられただけで、行深は腰を浮かせた。その瞬間こそ強い刺激に驚いたけれど、やわらかな舌と粘膜に包まれると、信じられないくらい気持ちいい。

浮かせた尻と内腿《うちもも》がぶるぶると震える。そんな不安定に揺れる腰周《まわ》りを、一路が腕で抱えるようにして支えてくれたのはいいけれど、そのまま頭を上下に振ってピストンされるから逃げ場がなくなった。

「……やっ……あぁ……」

浅く深く、一路の口腔に呑み込まれる。吸引され、啜られて、彼が一途にほどこしてくれる口淫《こういん》に興奮しきり、もう行深の口からは激しい呼吸音しか出ない。

床にこすりつけるというまちがった自慰しか知らなかった行深は、あまりに刺激の強い快感に腰が抜けてしまった。

腹の底から何かが湧き出てくる。それはじわじわとペニスに集まり、いくらもしないうちに先端から溢《あふ》れてしまいそうだ。

「い、いち、ろっ……っ……一路くっ、ん……出ちゃいそ……だかっ……」

彼の髪をくしゃりと摑んで訴えるけれど、放してくれない。

行深は半泣きになった。人の口の中に出していいものだとは思えないけれど、もうがまんできない。一路はまるで「いいよ」と促すように行深の腰から脇腹までなで上げて、それが呼び水になった。

「出るぅっ……あぁっ、っ、ん……」

びくっびくっと腰が跳ねて、一路の口内で白濁が弾《はじ》ける。

行深が短く声を上げ、呻《うめ》きながら射精し、残滓《ざんし》まですべて出しきったところでようやく一路は放してくれた。

胸が大きく上下し、恥ずかしいのと、快楽の余韻でしばらく目を開けられない。

呼吸が落ち着いてきて、行深は薄く目を開けた。興奮で滲んでいた目尻の涙を拭う。

そうしている間に、一路はどこかからちょうど戻ってきたところだった。彼が何かのチューブボトルをソファーの脇のテーブルに置く。行深はその様子をぼんやりと眺めていた。行深の視線に気づいた一路が、「あ、これ?」とそのチューブボトルを指す。

「痛くないようにするための潤滑剤。変なものじゃないよ。舐めてもいいやつ」

一路の言う「変なもの」というのが何をさすのかはぜんぜん分からないけれど、彼がすることに不安や心配はない。

一路がとろみのあるジェルを指に取り、「はちみつみたいな味だよ」と行深のくちびるに近づける。口に入れても支障ない、ということなのだろう。

行深が薄く口を開けて舌を閃《ひらめ》かせたら、一路が指を挿れてきた。彼の指ごとその甘さを味わっていると、指の腹で上顎のでこぼこをなでられる。

「……ん……」

キスのときも驚いたけれど、自分の口内のそんな部分が敏感だなんて知らなかった。指でくすぐられているだけなのに、一路がすることはぜんぶ気持ちいい。

今度はジェルを後孔のふちに垂らされ、行深がたった今しゃぶっていた指をそこにゆっくりと挿入された。

ぞわぞわっと背筋が震える感覚に、行深は身を硬くする。

浅いところで指を動かされ、中で折り曲げられる感覚が伝わるだけで痛みはない。

「痛くは、ない？」

一路は、ずっと無言の行深を細かに気遣って声をかけてくれる。

「根元まで挿れてみるよ」

徐々に指が深くなり、根元まで押し込まれた。そこからゆっくり抜き挿《さ》しされても、戸惑いと異物感があるだけだ。行深は少し身を起こして、そちらを覗いた。

「見たいの？」

何をされているのか知りたいのだ。行深がうなずくと、クッションを腰に敷き込んで、彼の指を受け入れている後孔が見えるようにしてくれた。

一路の中指が自分の中に沈んでいく。後孔のふちで、彼の指を感じる。

「指の、骨のかたちが……分かっ……はぁっ……」

「骨のかたち……？　えっちなこと言うなぁ」

行深は熱い息をはき、こくっと唾を嚥下した。身体の内側に隠された粘膜に、他人の指がふれている。自分が受け入れたいと思わなければ、こういうことにはならないわけで、行深はそっと目線を動かして、そうしている彼を見上げた。

行深の視線に気づいた一路と目が合い、やさしくほほえまれて、後孔がきゅんと窄まった瞬間。

「あっ……！」

一路の濡れた眸に捕まったまま、思わず声を上げてしまうくらいの甘い痺れが行深の背骨に沿って走ったのだ。

でもすぐにその感覚を見失ってしまった。気のせいだったのかなと思い始めた頃、再び行深は息を詰めた。腰がびくびくと勝手に跳ねる。

「……んんっ……」

行深はソファーの座面に頬をすりつけた。一路が指でこすり上げてくるところが熱く膨れ上がるような、何かが湧いてくるようなかんじがする。

「はぁっ……っ……っ……んっ……」

「気持ちいいの、きた？」

一路が行深に寄り添って、耳朶や首筋を嬲りながら問いかけてくる。

「あぁっ……そ、それ……や……いや……へんっ……」

「いや？　変？　気持ちいいじゃなくて？」

自分の身体に起こっている変調が、いったいなんなのか分からない。行深は再び首を擡《もた》げて、自分の後孔のほうを覗いた。その狭い場所に、指がもう一本ねじ込まれようとしている。入るのだろうかと、その様子を行深は多少の不安を伴って見守った。

行深の心配をよそに、自分の身体はそれをあっさりと受け入れている。一路の手指の動きは滑らかだ。束ねた指で、ぬぷ、ぬぷ、と音を立ててピストンされ、あの変なかんじが行深の中で膨らんでいく。

「——っ……ふぁ……あっ、へ、んっ……、なっ……ぁっ……」

行深はたまらず短い嬌声《きょうせい》を上げた。その声が途切れたときに、後孔からぐちゅっと粘着音が響く。内壁を弄《いじ》られると中の疼《うず》きはますます大きくなるようだ。

行深は身体の芯がとろける感覚に襲われ、それを逃すまいと無意識につま先をぴんと突っ張らせた。

「そ、それっ……、へんっ……いち、ろ、くんっ……」

「これ、変なんじゃなくて、行深は気持ちいいんだよ。気持ちよくなきゃ、こんなにならないだろ」

そう教えながら、一路が指で行深の硬く張りつめた陰茎のラインをなぞる。

いつの間にそんなふうに勃起していたのだろうか。うしろを弄られるとペニスがぴくぴくと跳ねて、鈴口《すずぐち》から透明の蜜がひとすじ垂れた。

「……っ、はぁっ、あっ……」

束ねた指でくすぐられているところ。その胡桃《くるみ》ほどの膨らみをやさしく押し拉《ひし》がれると、ついに壊れた蛇口みたいに淫蜜がだらだら溢れてくる。

「――んぁっ……ぁっ……はっ……」

たくさん空気を取り込まないと息苦しい。

掻き回され、徐々に中を拡《ひろ》げられていく。慣れてきたのを見計らい、さらに指を増やされた。その直後こそ圧迫感に顔を顰《しか》めていたのに、いくらもしないうちに苦しさよりも充足感で満たされていく。

心臓の鼓動が速い。たくさん走ったときみたいに息が上がる。頭の中が白く霞《かす》んでいく。

「ここ……気持ちいいね」

胡桃を揉み込まれながら同意だけを求められる訊き方をされて、行深は一路の胸でうなずいた。

「もっと気持ちいいところが、この奥のほうにあるよ」

指では届かないところ。さっきから、これ以上の快楽がある、と次々に新しいことを一路に教えられている。

快感でぼんやりしていた行深は手を取られ、彼の昂《たかぶ》りに導かれた。

一路が自身の下着ごとスウェットパンツを下げたので、彼の逞《たくま》しいペニスがあらわになる。

大きさもかたちも、自分のとぜんぜんちがう――行深はどきどきしながら、誘われるまま直《じか》に彼のペニスにふれた。

さわるとさらにぐっと大きくなり、硬く反る。本能的で、すごくいやらしいかたちだ。

それまでとろんとしていた行深が瞠目したので、一路は少し笑った。

「行深の中の気持ちいいトコと、もっと奥まで、これでこすっていい？」

さっき読んだマンガと、動画でも見た。もっと奥まで。指でこれだけ気持ちいいのだし、一路のペニスで奥までこすり上げられたら、どんなふうになるんだろうか。知りたい。

「……したい」

頭の中はそんな欲望で爛《ただ》れてしまい、他は何も考えられない。

性交のためのジェルを後孔に注入される間、行深は自身を落ち着けようと息をついてただ彼に身を任せた。

両脚を折り曲げる格好で、丸見えの窄まりに一路の尖端《せんたん》をすりつけられる。

そこを使ってセックスすると意識しているからか、ふちをこすられているだけなのに昂って、行深は興奮で息を弾ませ、胸を大きく上下させた。

「挿れるね」

短い宣言とともに、一路の尖端が行深の中に沈む。その瞬間の軽い衝撃に、行深は奥歯を嚙んだ。痛みじゃなく、指とは異なる質感と太さに身体が驚いたためだ。

離れていた一路が覆いかぶさってきて、身を硬くしている行深をよしよしと慰める一方で、さらに奥へ進んでくる。

「……っ、んんっ……んっ……ふ……」

行深は彼にしがみついた。すぐ耳元で「だいじょうぶ？　痛くない？」と窺われ、まぶたを上げたけれど涙が滲んで視界がぼやけている。

「……痛くない……けど……大きいのが、こわ、い……、んっ……」

狭いところに、ぱんぱんに詰め込まれていくかんじがするのだ。

「無理にはしないから」

一路にそっと抱きしめられ、再びよしよしと宥めながらキスをくれたりして、不安な気持ちが凪《な》いでいく。

やさしくくるまれたまま頭をなでられると甘えたい気持ちが胸いっぱいに膨らんで、行深は鼻を鳴らして彼にすがりついた。するとまた指で髪をくすぐり、なでて、腕の中でたっぷりかわいがってくれる。

一路が頭をなでてくれるのが、どうしてだかすごく好きだ。バーでそうされたときも、身体のあちこちの細胞が弾けるんじゃないかというくらいうれしかった。

ゆったりと揺らされるうちに互いの粘膜がなじんで背筋に悪寒のようなものが走り、内腿がわななないた。

「……あ……っ……」

一路が深く入ってくる。痛みはないし、圧迫感が増すという状況は変わらないものの、今度はさっきとちがって中がきゅうんと窄まるかんじがした。

「ほら、俺は無理に挿れようとしてない。行深のほうが呑み込んでるんだよ」

一路に「見て」と接合部分をあらわにされる。

「うそ……はぁっ……あぁ……」

「じょうず……あー……呑まれんの、やばい、行深の中……めちゃめちゃ気持ちいい」

褒められて、行深は喉をひくひくさせながら一路を見上げた。一路は苦しいような、快感にとろけたような顔つきだ。さっきまで、彼と普通に話しているときには見なかった表情に気づいて、行深までどきどきする。

「いきなり奥を突くと痛いだろうから……もう少し慣らして、ぜんぶ挿れるね。行深が気持ちいいことだけしてあげるよ」

一路の言葉はまるで魔法の呪文みたいだ。「気持ちいいことだけ」と言われたからなのか、彼が腰を軽く揺らし始めて間もなく、行深は内側に湧き出した快感に身を竦《すく》ませた。

「あぁ……やっ……」

さっき指でされてたまらなかった辺りを、硬茎でぬぷぬぷと刺激されている。

一路が動かしているのはきっと前後に一センチほどだ。あやされるように小刻みなストロークでも、そこから溢れる性感が少しずつ濃くなってくる。

そのとき行深の上で、一路が「はぁっ……」と感じ入ったような声を漏らした。

「……ん……たまんない……ちょっとだけ腰振らせて」

「え……あ、んあっ……あっ……」

ゆったりと大きくスイングされる。はじめてピストンの衝撃を受けとめて、行深は腹の底から押し出されるようにして声を上げた。

手で口を閉じれば抑えられるけれど、鼻からよけいに変な声が漏れる。

「声は、上げていいよ。がまんはしないで、行深は気持ちいいことだけ追って」

両手首を摑まれ、頭の上で括られた。留められたまま再び一路が動きだす。行深は目を閉じて揺さぶられながら、自分の中に湧く快感を探った。

「今俺の先っぽが当たってるところが、さっき指でしたとき行深が気持ちよかったトコ」

そう教えられて、一路の硬い尖端でこすられている胡桃の膨らみの辺りに、意識を集中させる。そこからじわじわと熱いものが染み出てくるようなかんじがして、行深はまぶたを震わせた。

「……っ……はぁっ……ぁっ……」

「こすれてる？　気持ちよくなってきた？」

「んっ……うんっ……！」

少し前まで不確かだったものが、一度感覚を摑むと抽挿《ちゅうそう》の衝撃すらもぜんぶ甘い疼きになるようだ。

尻を軽く抱えられて角度を固定したまま抜き挿しされ、同じ箇所をひたすらこすり上げられた。乱れて弾む息遣いと、あえかな声がとまらない。快感というのは積み重なるものなのか、どんどん昂って脳が痺れてくる。

ものを考えられなくなるくらいの、あまりの気持ちよさに行深は身を震わせた。

「あぁ……はぁっ、はぁっ」

大きく脚を割り広げられ、中を揉むようにグラインドされると、脳髄までぐちゃぐちゃに掻き混ぜられた気がするほど朦朧《もうろう》となってくる。

「えっちな音……すごいね」

まるでしゃぶるみたいに内襞《うちひだ》が彼のペニスに纏《まと》わりつこうとする粘着音が、行深の耳にも届いた。はしたなくて、いやらしくて、自分の身体だなんて信じられない。

「あっ……やっ……、へ、ん……に、なるっ……」

頭の天辺《てっぺん》から自分がどろどろに溶けだしそうな気がするのだ。

「変じゃなくて、『気持ちいい』だよ」

あのいちばん気持ちいい胡桃を狙ってこすり上げながら、一路が行深の耳に「言ってみて。もっとよくなるから」と煽《あお》ってくる。

「はあっ、あぁ……、ん……っ、き、もち、いいっ……気持ちぃ……」

気持ちいいと口に出すと、さらに昂って、行深は腰を浮かせた。そこを一路が手でさすってくれるから、中がいっそうとろける気がする。

「俺も……気持ちいい」

気持ちいい、と一路に言われるとうれしい。首筋や頬をくちびるでかわいがられるのも、髪をやさしくなでられるのも、ぜんぶうれしい。

一路が約束したとおりさんざん気持ちいいことだけされて、短いインターバルに行深は放心した。

彼に教えられる快楽は、行深の理解も想像も超えている。こんなに頭がとけるくらい、気持ちいいことがあるなんて知らなかった。

「これ……セックス……?」

茫然と今さらなことを問うと、一路はやさしく「セックスしてるよ」と答えてくれる。

「してるけど、……いちばん奥まで挿れたら、もっと気持ちいいよ」

一路に「いちばん奥」と言われて、今のがそうじゃなかったのだと驚いた。彼の教えてくれる「もっと気持ちいい」は、いったいどこまであるんだろうか。

内襞を掻き分け、なでながら、硬茎がさらに深いところまで押し込まれる——行深は一路に腰を送られる最中、アダルトマンガで見たそんな画《え》を頭に思い浮かべた。

自分の想像に煽られ、ひどく興奮する。

ついに最奥に嵌《は》められた感覚に、行深は目を見開いた。呼吸の仕方が分からなくなり、ひくひくと喉笛が鳴る。

「ゆっくり息して……だいじょうぶだよ。いっとき動かないでいるから……」

一路の言葉を心で繰り返し、行深は彼の背中に手を回してしがみついたまま呼吸を落ち着けようと努めた。とにかく彼の言うとおりにしていれば、悪いことは起こらない。

肌から伝わるぬくもりに気持ちが凪いで息をつくと、一路の下肢が隙間なく行深にぴたりと重なっているのが分かった。

彼のペニスがぜんぶ入っている。それなのに怖いという気持ちは湧かない。他の誰も、自分ですらふれたことがないところを一路だけが知っているなんて、とても不思議だ。

「……僕……子猿《こざる》みたい」

最奥に彼の尖端が入り込んでいる感覚を意識しながら、図鑑に載っていた猿の親子のイラストを思い出す。行深のそんな無邪気な感想に、一路が身体を揺らして笑った。

「行深、言うことがかわいい」

「……っ……」

一路が笑ったときの微細な揺れに背筋がわななないて、行深は思わず呼吸をとめる。

頬や耳朶を食まれることに気を取られていたら、奥に雁首を嵌めたまま一路が腰を遣い始めた。奥壁を狙って捏《こ》ねるようにされると、そこから甘い痺れが背骨を伝って頭の天辺まで到達する。

執拗にそこをせめられるうちに、内壁の全体が痙攣《けいれん》し始めた。

奥のほうからじゅぽじゅぽと泡立つような、さっきのよりもっと卑猥《ひわい》な音がする。

「あぁ……あぁっ……やっ……や、音……へん……何……」

「気持ちいいからもっといっぱいして、って絡みつく音。だから俺も……めちゃめちゃ気持ちいいよ……とまんない」

彼に「いい」と言われると、なぜだか自分までもっとよくなってくる。

硬茎を動かされっぱなしだ。ひっきりなしに掻き混ぜられて、快感が濃厚になり、下腹部が震えだした。

耳に「気持ちいいね」と吹き込まれ、行深は首を竦めながらうなずく。

「い、いちっ、ろ……っ……あっ……や、うっ……きもち、いいっ……」

「……っ……奥、すごい、よ……。先っぽ、舐められて、しゃぶられる、かんじっ……」

一路の表情が切なげに歪んで、彼がひどく感じているのが伝わった。

――……一路くんが気持ちよさそうなのが、うれしい。

一路が「はぁっ……」と熱い息をはき、行深を見下ろしてくる。その表情が漢《おとこ》っぽくて、色気もあって、行深の胸はきゅうんと軋《きし》んだ。

「もう、ココとろとろになってるから、もっといっぱい動くね」

振り幅の大きな抽挿が始まり、ぬぷぬぷと襞を捲り上げられる音が響く。

腰をしっかり摑まれ、雁首で掻き出すような動きが加わった。スピードも上がる。目を開けていられないほど激しくされているのに、自分の身体はそれを悦《よろこ》んでますます昂っていく。

「んやぁっ、……っ、はぁっ、あぁっ」

いつの間にか涙が溢れていて、それを一路が拭ってくれた。

「行深、泣いちゃってるよ……これいや？　やめてほしい？」

深く嵌められたまま煽るような腰遣いで抉られる。こすれるところ、硬い尖端や陰茎があたるところぜんぶが気持ちいい。呼吸の仕方を忘れて夢中になるくらいに。

「ちがっ……やじゃな……やじゃないっ……やめないで、もっと……ずっと、して」

痛いわけでも悲しいわけでもない。興奮しすぎて、ひくっと喉が引きつり、どうしても泣き声になる。身体を揺さぶられるとなぜか同時に感情も昂って、コントロールできない。

「行深の中も、奥も、もっとって」

「だって、きもちぃっ……よぅっ……」

「気持ちよすぎて泣いちゃう？　かわいい」

さらにペニスを手淫され、中を力強く掻き回されて絶頂のふちまで追い込まれる。心臓は強く鼓動を打ち、息苦しい。衝撃と快楽を受けとめるのに必死で、もはや上下左右が分からない。快感がとめどなく襲い、許容を超えて朦朧となる。

「――っ……！」

頭の芯まで痺れるほどの強烈な快感に全身が包まれ、行深は声もなく身を反らして吐精した。大きな波が何度も襲い、全身がびくびくと跳ねる。そんな激しい絶頂の最中に内壁が痙攣し、蠕動《ぜんどう》するのを自分でも感じていた。

「わ、あ……やば……俺もっ……ん……、ふっ……」

行深の耳元に顔を埋めて小さく呻きながら、一路が奥に吐精しているのが分かった。

後孔のふちで、一路のペニスがどくどくと脈打つのを感じる。射精のタイミングが少しズレていたから、行深は一路の絶頂の瞬間を自分の身の内で知ることができた。

――……僕の中に、出してる……。

自分の中を彼の精液で濡《ぬ》らされる様子を思い浮かべ、行深はまたその瞬間に後孔がきゅんと窄まるのを感じた。

そんなことをされても気持ちいいなんて、それは想像を超えていた。

4.

『嵌まる』と表現できるほど好むものは、降谷一路の人生にそう多くない。

思い返せば『マンガを描く』ということほど、長年、熱い情熱をもって続いているものはないと思う。

一路がはじめて自作のマンガを描いたのは小学四年生のときだった。自由帳に定規も使わず縦と横に六コマ分の線を引き、背景もろくに描いていないいわゆる『顔だけマンガ』。今も仕事として続けられているのは、もとはと言えば「絵が上手ね」と褒めてくれた担任の先生や母親、そして描いたマンガをおもしろがって読んでくれた友だちのおかげだと思う。

一路は久しぶりに、そんな小学生の頃の夢を見た。その頃はまだ出会っていなかった慎太郎も登場するあたりが、さすが夢だ。

まぶたを上げて、ここが寝室じゃないことに気づく。

一路は目線を動かした。ぼんやりとした視界に入ったのはリビングのテーブルに置いてあるハリケーンランタンと、キャットタワー脇のドライフードを食べている風太の背中、午前八時をさす壁掛けの時計、そして毛布から覗いたくしゃくしゃの頭。

「…………」

その毛布をそっと捲ると、ボーイズバーで出会った日に連れ帰った若い男が眠っている。一路より五つ年下で、住むところと働き口を探しているということ、天野行深という名前以外は謎だけど、なんでも「知りたい」と素直に求めてくるから構いたくなる。

こちらに顔を向けて横臥《おうが》していた彼も、一路の視線を感じたのか、ふっと目を開けた。

「おはよ」

一路が声をかけると、行深はとろんとした目つきでゆっくりと瞬き、掠《かす》れた声で「おはよう、ございます」と返す。出会ったときの意志の強そうな眸とちがって、ぜんぶがゆるんで無防備だ。

てれているのか視線を合わせようとしないので、一路は行深の顔を覗き込んだ。

「……どう？　どこか痛いとかない？　寒くなかった？」

一路の問いに行深は「ううん」と首を振る。それから背後を見遣り、「あれが、あたたかくて」とオイルヒーターを指して続けた。

「……かたちがかわいいな。あれはどういう仕組みなんだろう……さわると熱い？」

子どもみたいな問いだ。誰の家にもある家電製品じゃないので、実物をここではじめて見たのかもしれない。

「パネルの中のオイルを電気であたためて循環させながら放熱してる。でも、ちょっとふれたくらいでは火傷《やけど》しないよ」

かたちがかわいい——行深はそんなふうに、ものを絵やかたちとして捉えているような発言が多い。昨晩も一路の容姿を『かたち』と表現していたし、後孔に指を挿れているときでさえも、彼は一路の指の骨のかたちをそこで感じているようだった。

挿入した指を食むように行深の内襞が絡みつく感触がうっかりよみがえり、それはダイレクトに一路のペニスにじんと響いた。

「いくみ」

甘ったるい声で名前を呼ぶ。誘う声に、行深が何気なく顔を上げた。彼に通じていないないら、その気にさせればいい。

一路は行深の頬に指で軽くふれ、もう片方の腕で抱き寄せてくちづけた。

そっとふれて、上唇をしゃぶるだけでそこがゆるく開く。いやがっていないのが伝わって、一路は遠慮なく舌をさし込んだ。

舌を絡めあいながらくちづける。スウェットの上からまさぐっていた手を中に忍ばせて、行深の背骨に沿って素肌をなで上げた。

「……んぅ……」

合わさった口から行深の掠れた声と、熱っぽい吐息がこぼれる。鼻先で頬をくすぐり、もう一度キスをして息をついた。

「……きのう、楽しかったね」

ひたいをくっつけたまま同意を求めると、行深は眸を潤ませつつうなずいた。

きのう帰宅したときにすでに日付は変わっていたし、眠ったのは午前三時すぎだ。行深ははじめてのセックスのあと、もう一度したがった。でも窄まりが少しだけ赤くなっていたので彼の身体を気遣い、二度目はペニスを挿入せずに指と口淫でイかせたのだ。

間近で覗くと、行深の眸が揺れている。

「……またえっちしたい？　嵌まった？」

行深はこれにも、こくりとうなずく。

今度は行深の下衣に手を入れ、臀部《でんぶ》をくすぐった。最初くすぐったさに笑っていた行深の表情が切なげに歪んで、一路の肩口にその顔を隠そうとする。行深の物慣れない反応がとにかくかわいくて、愛《いと》おしさがこみ上げる。そんなふうに恥ずかしがったり困ったりしつつも、快感を拾い、覚えて、夢中になる様はひどく扇情的だ。

身体の相性なんて気のせい、セックスなんて誰としたって同じだろ、と一路は思っていた。でも昨晩はパズルのピースがぴたりと嵌まるように合致して、つながったまま離れたくなくなるという、今までにない感覚を味わった。「ずっとして」と行深に言われたとき、一路も同じ気持ちだった。

「俺も……嵌まったかも」

くちづけながら手を彼の前側に回し、甘勃《あまだ》ちしているペニスをやさしく揉んでやる。

行深が喉の奥で喘ぐのを、舌を絡めながら耳で拾って一路はさらに昂った。

「……お尻見せて？　赤くなってないか確認する」

行深をうつぶせにひっくり返して下衣を下げる。

「……っ……」

昨晩、懸命に一路を受け入れていた場所。傾性で閉じた花被のようにひっそりとした後孔のふちは、炎症をおこしている様子はない。

一路はそこに舌をすべらせた。途端にびくっと行深の尻が揺れ、秘部が窄まる。

「やっ……」

「きのうもしたろ？」

唾液をたっぷりぬりつけ、尖らせた舌先を後孔に挿れる寸前、スマホの着信音が響いた。

思わず動きをとめる。一瞬、無視しようかとも思ったが、そういえばアシスタントの慎太郎に『お願いする作業内容について連絡する』という約束をしていたのだ。「朝八時に俺から電話がなければ寝てるってことだから、たたき起こして」と言づけていた。

「ん……ごめん、たぶん慎太郎だ」

「……きのうの……？」

「俺のマンガのアシスタントもやってくれてるから」

行深の耳にキスをして、テーブルに置いていたスマホを手に取ると、予想どおりディスプレイに『羽田慎太郎』と表示されている。

ソファーに腰掛けて応答し、開口一番に『おはよ。寝てたろ』と指摘された。すでに起きていたけれど、ある意味『寝てた』の表現もまちがっていない。それに思い当たると、行深が今、自分の傍にいることを慎太郎に話すべきだろうか、と頭をよぎった。

なんでもかんでもいちいち報告する義務はないが、一路の恋愛遍歴からマンガ家としての仕事のこと、ボーイズバーでのことなど、あらゆることを慎太郎には話したり相談しているため、普段から隠し事がない。

――……でも行深とつきあうことになったとか、そういう話じゃないしな。

たかが一度寝たくらいで、と嗤《わら》われそうな段階だ。

床に下ろした一路の脚に身体をすりつけてくる風太をなでつつ、「うーん、あー」などと少々まごついたあと「今起きた」と適当に返したところ、慎太郎が『……なんか今の、不自然な間があったな』とつぶやいたから驚いた。

「え？　不自然？」

問い返しながらちらっと行深を見下ろし、彼に向かってしーっと合図を送ると、顔半分だけごそごそと毛布の中に潜り込んで隠れている。

『……なぁ……そこに誰かいる？』

慎太郎の鋭い指摘に、思わずどきっとした。

「えっ？　誰かって？　風太ならいるけど」

『きのうのあの子とか』

――見えてんのかよ！

冗談につきあう気はなさそうな口ぶりで、白状させられる流れがもう見えている。別に悪いことをしているわけではないし、ありのままに伝えたほうがよさそうだ。

「……えー……っと、はい。います」

『……そこに？　いるって？　天野行深が……？』

淀《よど》みなくフルネームを出され、慎太郎が慎重に問うような口調だったから、一路はその意味が分からなくて胸がざわっとした。

「……そうだけど……」

『……まさか……ヤったの？』

「ええっ……あー、……うん」

もごもごしつつも答えると、電話の向こうで慎太郎が『うわぁっ……』と呻いている。

『まじか……まじかよ……』

慎太郎は普段大げさな感情表現はしない。なのに、通話の声で伝わるほどにうろたえているから、一路はいやな予感に顔をしかめて首を傾《かし》げた。

「えー……狙ってたの？」

『ちっげーわ！』

ボケを速攻で強めに否定され『傍にいるならちょっと離れて』なんて冗談が通じない口調で告げられたので、一路は眉を寄せる。「……なんで？」と訊《たず》ねようにも、『いいから、とにかく離れて』と頑《かたく》なに促される。

手を出すのが早すぎとか、仕事場でもある自宅に男を連れ込まないいんじゃなかったのかとか、そういう嫌味なら甘んじて受けるつもりだが、少々いやな予感がした。慎太郎は一路の恋愛方面や素行について、話を聞きはしても咎《とが》めたりしてきたことがない。でも今日の慎太郎の口調からは、これまでにない不穏な雰囲気を感じ取ったのだ。

「……じゃあ、パソコンつける。ちょっと待って」

仕事の話をするていで一路はソファーベッドから離れ、仕事部屋へ向かった。

そもそもマンガの作業について話すつもりだったし、仕上げて週明けに提出しなければならない原稿がある。椅子《いす》に座り、メインで使用しているパソコンを起動させた。

『彼の名前、検索してみろよ』

「……検索？」

同姓同名が多数いそうなわけでもなく、ネットで名前を検索したらヒットするなんて、大なり小なり何かで有名人である証《あかし》だ。慎太郎のうろたえ方からして、よくないほうで名を馳《は》せている可能性が高く、一路はやや緊張しつつ『天野行深』を検索した。

『ネットニュースの記事、出てきた？』

一路は「……あぁ」と返しながら前屈《まえかが》みになり、パソコンの画面を覗き込む。

棄児《きじ》を誘拐、二十年にも及ぶ監禁生活——そんなセンセーショナルな記事タイトルが、一路の目に飛び込んできた。三カ月ほど前に発覚、報道された事件だ。

『バーで、俺がＳＮＳか動画投稿サイトか、「何かで見た気がする」って言ったろ』

「……うん」

『監禁されていた棄児、それが天野行深だよ』

一路も、『山奥の一軒家で監禁されていた二十歳の男性が保護された』という事件の概要は覚えている。生後二週間ほどの棄児だったために表面化せず、たしか別件で逮捕された共犯の男がいて、そこから芋づる式に誘拐・監禁が発覚した特殊な事件だったはずだ。

記事の中身にもざっと目を通す。

——自身を誘拐した女性を母親と信じていたばかりか、被疑者が誘拐そのものを隠すために二十年もの間、子どもと外界との関わりを完全に遮断していた。

——発見された被害者がすでに成人であること、肉親が名乗り出る可能性があることから、誘拐場所となった『赤ちゃんポスト』の施設名、実名と本人写真を公開。しかし一部から人権侵害との抗議が寄せられ、以降は実名報道を控える措置が取られた。

慎太郎は実名報道されていた頃の映像を見ていて、おぼろげに記憶に残っていたのだろう。

記事を読むと、そういえば確かにそんな事件あったな……と思い出したが、日々新たな事件やスキャンダルが注目され、とくに続報がなければ古い記事の内容は忘れてしまう。

一路はたった今まで忘れていたが、ネットの情報は永久に消えない。

一度実名が出てしまったものが、以降のネットニュースで『青年』と表記されても、実名報道された記事のクローンや、それを紐付けた巨大掲示板、SNS、まとめサイトなど、掘ればいくらでも関連記事が出てくる状態だ。

SNS上には被害者に同情する者、犯人を批判する者、犯人は乳児の命を救った人だと庇《かば》う者など様々な意見が飛び交っているが、おもしろがって憶測を織り交ぜ、何が事実かただの噂話《うわさ》かはそっちのけで、嘲笑《ちょうしょう》するような投稿も多数ある。

『それ読んだら分かるだろ。簡単に手を出していい子じゃないよ。……と言ってもすでに手遅れみたいだけど』

「…………」

一路は言葉を失った。頭が真っ白だ。

『彼がいろんなこと知らなすぎる意味、分かったろ。言い方は悪いけど、普通に扱っていい子じゃない。俺たちみたいな一般人じゃ手に負えないよ。事件発覚から三カ月くらいしか経ってなくて、そもそもそういう特殊な事情があるなら、いくら成人してるとはいえさ……そういう保護施設とか、しかるべきところにいるもんじゃないの？』

「……少し前まで誰かの家に住んでたっぽいこと言ってた」

『ええっ、それ身元引受人とか、保護責任者とか、そういうんじゃないの？　まさか……そこから失踪して、今頃、行方《ゆくえ》不明で捜索されてるとかじゃないよな？』

一路は息を呑み、口元を手で覆った。

背後でかたっと物音がする。

そっと一路が振り返ると、本棚の端から行深が不安そうな顔でこちらを覗き込んでいた。


行深はソファーベッドに座り、しゅんとうなだれている。

その様子を風太がちらっと横目で見て、キャットタワーを登り、高みの見物とばかりにいちばん上の段に座った。

「……黙ってて、隠してて、ごめんなさい……」

「えっ、いや、謝ってほしいわけじゃなくて」

一路は慌てて、行深の前にオットマンを置き、彼と向き合うかたちでそこに座った。

簡単に話せなかったのだろうと察するし、ぺらぺらと事情を明かすほうが危険だ。

「どこかから逃げ出してきたとか、目下誰かに捜されてるとか、そういう可能性は？」

一路は攫《さら》ったつもりはないが、捜している人にとってはこれも『誘拐』かもしれないのだ。

そのいちばん大きな懸念に、行深が「だいじょうぶです。誰からも逃げてないし、捜されてません」と首を横に振ったので、一路はひとまずほっとした。

「本当は……たとえば保護施設とか、しかるべきところにいなきゃ、とかでもない？」

「ないです。お仕事と住むところが決まったら、連絡することになってるだけで。あと、都の担当の方が安否確認をかねてときどき電話をくださるけど……」

「えっ、連絡しなきゃいけないところがあるの？」

「僕の直接の身元引受人になってくださった民生委員さん……は亡くなったので、そのご家族に。奥様がとりあえずの後見人になってくださったんです。今、僕の連絡先はそちらになってて……あ、マイナンバーカードに記載の住所です」

一路はうなずいた。東京都内になっていた、あの住所ということのようだ。

「誘拐されたあと存在を隠されてたから無戸籍で、保護されたあとその身元引受人の方が行深に戸籍を作ってくれたってこと……だよな」

「僕に戸籍がないのも、保護されてから知りました」

とくに暗い表情でも声色でもない行深の前で、一路は「そっか」とうなずいて続けた。

「その身元引受人の方は亡くなった……だから、これからは自力で生きてこうって決断して、周りもそれを理解してくれて、行動してるっていうこと？」

成人しているし、ずっと他人に甘えてばかりもいられないと思ったのだろうか。保護されたあと行深に関わってきた周囲も、そんな彼の気持ちを汲《く》んで、見守りつつも自由に行動させているということなのかもしれない。

話が通じてほっとしたのか、行深がやや笑みを浮かべて「はい」とうなずいた。

――とはいえ、だよ。成人してるっていっても……山奥で二十年間も外界との接触を完全に遮断されてたわけだろ……ざっと読んだ記事の内容がどこまで本当なのか分からないけど、そもそも俺みたいなのが踏み込んでもいいもの？

外界との接触を完全に遮断、というのが実際どの程度なのかは定かじゃない。

だって、ところどころで「ん？」と引っかかること、物事を知らなすぎるところはあっても、こうして会話ができているし、コミュニケーションにそれほど苦慮しない。それに彼自身がおそらく人を拒絶していなくて、むしろ自分から未知の世界へ突っ込んで行っている感すらある。

――分からないから、知らないから突っ込んでくんだろうな……。

たとえば牢屋《ろうや》のような場所にひとりで幽閉されていたなら、人との会話もままならないとか、精神的・身体的に問題があるとか、成人男性としての自立を妨げる何かがあっても不思議じゃない。

犯人が彼を世話し、人とコミュニケーションが取れるように育ててきたのだろうか。

「……学校……は行ってない……？　小学校とか、中学校とか義務教育を受けてないの？」

「学校は行ってません」

学歴も職歴もないとなると、就ける仕事の幅が狭《せば》まる。せめて定住できるところがあって、年単位で職歴を積めれば、もう少し状況が好転しそうだが。

「学校に行かずに、勉強は？　どうやってたの？」

「勉強はママが……あ、すみません……犯人とされている人が僕にとっては『ママ』で」

「いいよ『ママ』で。行深にとっては、ママだったんだろ？」

一路がそう返すと行深は目を大きくして、やがておだやかな表情になった。

「ママが勉強を教えてくれました。あと、本をたくさん買ってくれて。おしゃべりは、ママとママの友だちとしかしたことないけど」

行深の言う『ママの友だち』というのが、誘拐事件発覚のきっかけとなった共犯者の男のことだろうか。

「……『ママの友だち』……」

「他の事件を起こして、先に逮捕された男性です」

一路が訊きにくいなと思うことも、行深はためらいなく答えてくれる。

「そっか……。でも本をたくさん読んでたなら……」

どんな本を買い与えられていたのかは分からないが、外界との接触をいくら遮断しても、本から知識を得ることができるのではないだろうか。

「図鑑とか子どもが読むような本ばかりです。与えられるのはママが……検閲をしたもので、小さい頃から小説もマンガも『ぜんぶ空想の物語よ』って言われてたので……。僕も大人に近づいてくるとだんだん『なんか変だな』って思うようになったけど」

一路は言葉を失った。コミュニケーションを図りながら会話もできるのに、ところどころで「ん？」と思うことが多いのは、情報がかなり制限された世界で行深が生きてきたからだったのだ。

犯人の異様なまでの行深に対する執念と、ひとりの人間の人生を操作するやり方には嫌悪感を覚えてしまう。

——学校も行かせてもらえずに、そんなふうに隔離された世界で生きてきたなんて。

でも行深はたぶん、その『ママ』を恨んでいない。彼の表情や話し方に、そんな気持ちが少しも滲んでいないのだ。

「ママは……行深に、とてもやさしかったんだろうな」

「ママとカードゲームやボードゲームをしたり、冬は星の観察をしたり、家の裏の川に来る蛍を見たり。作ってくれるごはんもおいしかった。一度も、ママが僕を苦しめたことはない」

「……そっか」

行深は自分の身に起こった事件を、どこまで理解しているのだろうか。

ざっと見ただけのネット上でも、法律的な見解とは別に、「乳児を捨てた実母こそ最低の犯罪者」「犯人は彼にとってむしろ救世主でしょ」との意見も散見し、善悪の判断は分かれていた。

「……ご、ごめん、どこまで訊いていいのか、介入していいのか分かんなくて、答えたくなかったら『言いたくない』って返していいからな？」

一路が気を遣うと、行深は一瞬驚いた顔をして、やがてにこりとほほえんだ。

「だいじょうぶです。知らないことがまだたくさんあるけど……自分の気持ちとか、考えとかだったら、ちゃんと話せます」

行深はどこまでも朗らかだ。誘拐されて、二十年も監禁されていたような悲愴感《ひそうかん》がない。本人が誘拐とも監禁とも思っていない、その事実を知らずに生きていたからに過ぎないが。

解放されて、お酒を飲んだのも、生チョコを食べたのもはじめてで、昨晩経験したすべては行深にとってどれほどセンセーショナルなことだったのだろうか。

「……そっか……うん……。でも、なんか、どういう言葉をかけたらいいのか……」

行深はだいじょうぶと言ったけれど、やはり一路のほうが行深の境遇を受けとめるところに至っていない。

「いいんです。ちゃんと話を聞いてくれて、うれしい。ありがとうございます」

戸惑いを隠せない一路のことですら、行深は「そういう反応も当然」といったかんじだ。

「同じ二十歳の人にとっては当たり前でも、僕はまだ知らないことがたくさんある。でも手遅れってことはないと思うんです。人より遅れてても、これから経験すればいいし、僕にはぜんぶがきらきらして見える」

その特殊性を、行深は自分で理解している。分かった上で、運命を恨んだりするより、自分のために生きていこうとしている。

行深にとって、あのボーイズバーで仕事と住む場所を確保できるかどうかというのは、かなり重要だったのではないだろうか。彼のために、あの仕事を勧めるべきだったのだろうか。

――……いや、ちがう。行深は仕事の内容を聞いた上で「無理」って言ったんだし。でも、同意の上とはいえ、えっち……するのはどうだったんだろう……。本当にまっさらな、何も知らない子に刷り込んだことにならない？

簡単に手を出していい子じゃない、と慎太郎も言っていた。彼自身がセクシャリティをちゃんと自覚していないのは、単純な恋愛経験不足が原因ではなかったのだ。

――もしかして、そもそもセックスがどういう行為なのかを知らなかったんじゃ……。

ゲイ動画を見るのがはじめて、ゲイのセックスを知らない、というのはまだ分かる。

「……セックスがどういう行為なのか、俺とする前に具体的に知ってた？」

一路の問いに、行深は目を大きくして、下を向いた。

「動物の交尾と人間の生殖、セックスの意味は分かります。でも……バーで見た動画と、一路くんに見せてもらったあのえっちなマンガではじめて、こういうことするんだって……。

それ見るまでは、ちゃんと知らなくて」

懸念が当たってしまった。彼が知っている『動物の交尾』とは訳がちがう。

――『オスとメスの交尾は分かる』って行深が言ってたの、あれマジで動物のことだけだったのかよ。

一路は口元を手で覆い、言葉を呑み込んだ。

男女の性行為の意味や目的を知っているのが当然の年齢だから、それを含めて何をするのか知らないかもなんて疑いもしなかった。

一路だって理想は『セックス＝互いに想いあう人との愛しあう行為』だと思っている。でも現実には恋愛感情がなくても性欲が湧けばセックスはできるし、自分にとっては意味の軽い行為でしかない。とはいえ、それは一路の価値観だ。だから同じ考えの人とワンナイトを楽しむなら、第三者に咎められるものではないと今だって思っている。

でも何も知らない彼を、その価値観に引きずり込んでしまった。

「あ……あの、えっと、ごめん。そういう事情を知らなくて。行深にとっては、新しく知るすべてが刺激的だろうし、好奇心いっぱいだったんだろうけど……えっちは早すぎたかも」

「……早すぎ？」

「いろんな人と出会って、いろんな経験をして、この人としたいとかしたくないとか、行深自身が考えて決めることだからさ」

「僕が一路くんとしたいって言った」

「う、うん……」

でもその『したい』は、自己を確立しきれていない彼の、未熟な判断じゃなかったのか。

性行為もだが、自慰の仕方すらよく分かっていなかったのだ。

――うわ……罪悪感……えぐい……。

一路自身、酒の勢いや、相手から強引に性欲を煽られたわけでもない。行深のことを見た目だけじゃなく、言動や性格もかわいいと思ったし、そんな彼との行為を楽しんだ。でも彼の事情を知ってしまった途端、後悔していることにまで罪悪感を覚える。

「えっと……ごめん、俺のほうがびっくりしてて……。と、とりあえず、なんか……あ、お茶とか飲む？　ミルクティーは？　好き？」

「……ペットボトルのを身元引受人の海江田さんが買ってくれて、飲んだことがあります」

「海江田さん……って人なんだ？　亡くなった……方、だよな」

「はい。ミルクティーは甘くてあったかくて、おいしかった」

行深がうれしそうに語る前で一路は瞬いて、「ちょっと待ってて」と立ち上がった。

マンガを描いているときに気分転換の目的もあり、コーヒー、紅茶、緑茶、ハーブティーと、いろいろと飲み物を揃えている。

――俺のほうがうろたえてるんだよな。落ち着け。

一路自身、マンガの作業に詰まったり、心が乱れているときに、精神を落ち着かせたり、頭を整理したりするときにはお茶を淹《い》れる。

濃いめの紅茶に、あたためたミルクと砂糖を入れ、ティーポットとマグカップをソファーの前のテーブルに置いた。

「ミルクティーにブランデーをほんの少し入れるのおすすめなんだけど」

行深は「じゃあ、お願いします」とうれしそうだ。

一路はマグカップにミルクティーを注ぎ、最後にブランデーを一滴落とした。表面にふわっと広がるブランデーとその芳醇な香り。一路が淹れたミルクティーを行深はひと口飲んで、眸を大きくした。

「おいしい。それに、いい香り」

寒い時季に飲みたくなるそれを、行深も気に入ったようだ。

「もっとブランデーを入れた『ティー・ロワイヤル』っていうホットカクテルもあるよ」

身体の内側からあたためられる心地になって、一路もほっと息をつく。

すると、それまでだいぶ距離を取っていた風太が行深の傍に歩み寄り、ソファーの座面にひょいと飛び乗って、そこで毛繕《けづくろ》いを始めた。

行深の目が丸くなり、ぱちぱちと瞬いている。行深が手をのばせばぱっと逃げられる位置ではあるが、一気に距離が縮んだ。

「……風太くん、やっと近くに来てくれた」

行深は控えめにつぶやいたけれど、表情からはうれしさが溢れている。

「人見知りなんだよ。風太のほうから来るまで待っててくれてありがと」

こっちに近づいてこないからといやがる風太を追いかけたり、無理やりだっこしようとするといっぺんにきらわれて、そこから再び信頼を得るのに相当時間がかかるのだ。

「きのう行深が『お世話になっていた家にも野良出身の猫がいた』みたいなこと言ってよな。それって身元引受人の方の？」

「そうです。人見知りで最初すっごい警戒されて、海江田さんも『知らん顔して待ってたら、そのうち猫のほうから来てくれるから』って」

風太はまだ身体にさわらせてくれそうな雰囲気ではないものの、行深は満足げだ。

「やさしい人に出会えたんだな……行深も、その野良も」

行深は一路に向けておだやかに「うん」とうなずいた。

同情や善意だけで、身元引受人になろうとは思わない。野良をかわいそうだとは思っても、飼おうと決断できる人ばかりじゃない。

戸籍を作り、もうしばらくの間その身元引受人のもとでお世話になるはずが、亡くなったことで事情が変わってしまったのだろう。

カプセルホテルで仕事を探し始めて一週間。行深は前向きで明るいが、ひとり小舟に乗って大海原に漕ぎ出したみたいに、先の見えない不安を感じたりしたのではないだろうか。

顔を上げると、こちらの出方を窺うような少し心許《こころもと》なげな表情の行深と目が合い、一路は口元に笑みを浮かべた。

「……仕事……面接してくれるところを見つけるの、大変だったんじゃない？　自分で部屋を借りるのだって保証人とか必要だしな」

行深は思い当たるようで、「はい」と苦笑した。

「僕は知らないことが多すぎるので、どんな仕事でもやってみますって言えない部分があります。学歴不問の条件で仕事を探しても『中学も出てないの？』って怪しまれるし、事情を話しにくいからまごついてしまって、ほとんど門前払いってかんじです」

「被害者を支援する団体とか……なんかそういう機関を頼るとかは？」

その問いに行深がはじめて表情を曇らせ、俯いてしまった。

「……担当の人に……ママのことを、ことあるごとにひどく言われて……なんか……」

行深にとっては相当つらいことだったようで、声も窄んでいく。

「あ……う、うん、いいよ。そうだよな。最初にやってるよな」

行深にとっては誘拐犯ではなく『ママ』なのだ。自分の中の正義や教本に載っていること、公平性を期す法律が、行深の心に寄り添えるものだと思い込んで押しつけられるのは、受け入れ難いものだったのだろう。

「働くことと学ぶことを同時にできる仕事を見つけるか。職業訓練校も離職者じゃないと無料では受講できないもんな……」

「海江田さんの奥様が『困ったら相談してね』『部屋を借りるときに保証人が必要になったら連絡してね』って言ってくださったけど、奥様もご病気されてるし。甘えることからスタートするといつまでたってもひとりで始められないから、とにかく自分でできるところまでやってみようって。でも……仕事を自力で見つけるのってすごく難しいなって痛感してます」

行深は「難しい」と言いつつも、それで「無理なんだ」と諦《あきら》めたり落ち込んだりはしていないようだ。

実際行動してみないと、どこまで自分ひとりでやれるものなのか分からない。何度か失敗に終わっても、もしかすると運良く仕事だって決まるかもしれないのだ。

行深の表情や言動を見ていると、自分の境遇を悲観したり、運命や周りを恨んではいない気がする。置かれた場所を人は選べないけれど、行深はそこをすっくと立って、とにかく足を一歩前に出す勇気と強さを持っているように感じた。

「自分でそうやって動くバイタリティがあるのってすごいよ。できない理由を探して言い訳したり、しょうがないって開き直ったりする人だっている。でも……行深みたいにひとりでがんばりすぎて、甘えられないのってけっこうつらいからさ……」

人に甘え慣れていないと、遠慮したり躊躇《ちゅうちょ》したりして、そうするきっかけを逃しがちだ。

行深ががんばったあと、甘えられるような存在ができればいいのだろうけど——そんなことを考える中で彼と目が合って、一路は胸がどきっとした。

自分がそういう存在になれたらいいが、思いつき同然で言えることじゃない。ためらいを呑み込んで、結局一路は沈黙してしまった。

「だいじょうぶです」

一路がひそかに動揺していると、行深が笑顔でそう告げた。

でも膝の上で両手をかたく握りしめ、今度は目を合わせようとしない。

「でもさ……」

「まだ始まったばかりだし、これからです」

笑顔で遮られたけれど、ここまで話しただけでも分かる。だいじょうぶなわけはない。でもただ同情するだけの言葉は、行深には届かないし、助けにはならない。

せめて仕事が決まるまで——そんな言葉が口を衝いて出そうになったとき、再びスマホが鳴った。

慎太郎からの着信だ。すっかり忘れていたが、今日はそもそもマンガの作業を手伝ってもらう予定になっている。朝一の電話ではそれについて話すのをすっかり忘れて、行深の件で頭がいっぱいになり、仕事の話をせずに通話を終えてしまったことを思い出した。

応答すると案の定、その件だった。

『週明けに締め切りだろ？　俺が手伝えるのは今日と明日だけだからさ』

「そうだった。ごめん」

会社員の慎太郎がアシスタントに入ってくれるのは基本的に土日のみ。作画は全工程デジタルなので、作業内容の指示もデータのやり取りを行うのも、ネット回線を介してだ。残しておいた背景や小物、モブの描き込み、細かなベタ塗りやトーン処理など、締め切り直前の追い込み作業を、慎太郎が手伝ってくれる。

毎週金曜日の正午に無料配信のＷｅｂコミックサイトに、一路の場合は一回につき十数ページを隔週で連載しており、二回先の配信分の締め切りが週明けの月曜日だ。

「ごめん、慎太郎。このあとスカイプつないで、トレスで描いてもらいたい背景用の写真と原稿データを送るから、ちょっとだけ待ってて」

一路は慎太郎との通話を一旦終え、行深のほうへ振り向いた。

「行深、話の途中だけど、これから慎太郎とマンガの作業やんなきゃいけなくて」

「あ……じゃあ、僕は……」

行深がソファーから立ち上がりかける。マンガの作業に没頭する間に、彼がここから出ていってしまうのではと焦って、一路は「待って待って」と両手で行深の動きを遮った。

「今すぐ行かなきゃいけないところが、ある？」

一路の前のめりな問いかけに、行深は戸惑いつつも「いいえ」と首を振る。

「俺の作業が終わるまで待っててほしいんだけど、いいかな」

「待つって……この部屋にいていいんですか？」

するると、まるでこのタイミングを待っていたかのように、風太が行深の脚にすりっと身体をすり寄せ、見上げて小さく「にゃあ」と鳴いたから、一路は内心で「風太ナイスアシスト！」とガッツポーズをした。実際行深も風太にそうされてうれしそうだ。

「今からとりあえず昼休憩まで四時間くらいは仕事部屋にこもるから。本棚には小説、マンガ本、雑誌、なんでもあるから読んでいいし。タブレットもある。俺はこのまま朝ごはんを食べずに作業に入るから、冷蔵庫の中の物と、その箱に入ってる菓子パン、おかし、カップ麺とか、飲み食いご自由に。他になんか欲しいものある？」

　行深は本棚の前まで進み、見上げて、こちらを振り向いた。

「紙と何か書くものがあったら……いいなって」

「それならいくらでもある」

　一路は自分がフルデジタル制作に移行する前にプロットやネームに使っていた罫線入り・罫線ナシのノートパッドと、リビングに置いていたペン立てごと行深に渡した。

「他に必要なものがあったら声かけて」

　行深のことはひとまずあと回しにするしかない。彼をリビングに残し、一路は仕事部屋に引っ込んだ。

フルデジタル制作で一路くらいのペースで連載を持つ新人マンガ家は、アシスタントを使わない人も多い。慎太郎はつきあいの長い友人で、「応援の意味で手伝わせて」と申し出てくれたので、アシスタントをお願いしている。彼が手伝ってくれるおかげで睡眠時間を削らずにすんでいるので、感謝しかない。

『このコマ、光はどっちから入ってるんだっけ？』

「腰窓があって、女の子の頭の右上から下に向かって」

慎太郎とスカイプで会話をしながら、都度指示を出すかんじで作業を進めていく。

一時間ごとに小さな休憩を挟みつつ、気づけば十三時近くになっていた。

「慎太郎、キリのいいところで昼休憩しよう。一時間でいい？」

『おっけー。トーン処理終わったら俺も休憩する。おつー』

「お疲れさま。ありがとう。またあとで」

スカイプを一旦切って、ノイズキャンセラーと通話のためのヘッドホンを外し、一路は椅子に座ったまま「んーっ！」と背伸びをした。

そういえば一度も行深から話しかけられることなく四時間以上が経っている。

一路は仕事部屋を出て、リビングを覗いた。行深はソファーの前のテーブルで、ノートパッドに何かを書いている。手元に集中しているのか、こちらを見ない。

「行深……？」

呼ぶとようやく、行深がはっと顔を上げた。

「何書いてん……」

歩み寄って上から覗き込む。

テーブルに用紙が二枚あり、それぞれに描かれた絵を見て一路は顔色を変え瞠目した。

「……えっ、これ、行深が描いたのっ？　そのミリペンとコピックで？」

問いに対し、行深がこくりとうなずく。彼しかいないのだから訊くまでもなかったが、わざわざそう確認したくなるほどふたつの絵から目を離せない。

行深はミリペン一本と二十四色ほどのアルコールマーカーで、少年マンガ雑誌の表紙と、メンズライフスタイル誌の表紙になっている渋谷の街並みを模写したらしい。

「もっとよく見せて」

行深が座っているラグに一路は少々興奮ぎみに腰を下ろした。

ネットで見かけるような、本物と見紛うほどの写実的な模写ではなく、どちらかというとマンガやイラストの背景にも使えそうな画風だ。ただ信じられないくらい忠実に、グラフィックデザインのロゴやテキストまで、すべてが再現されている。

胸がどどどっと早鐘を打つ。

神レベルのイラストを見ると、一瞬で血が滾《たぎ》って、衝動で「うわーっ」と叫びたくなるが、そんな強烈な情動が一路の中で起こったのだ。

一路は二枚の絵に衝撃を受け、すっかり心を奪われてしまった。

いっぺんに沸騰したそのあとは、忘我のあまり身体の動きがとまってしまう。

同じ画材を使って同じ題材のものを描いても、色の塗り、重ね方、細い線一本でさえ、その筆運びひとつで、描く人によってまったくちがう作品ができあがる。

行深の描いたものに心を揺さぶられ、掴まれて、目が離せない。

「めっ……ちゃ、うま……うますぎる……」

驚きのあまりに、逆に感情が乗らない平坦《へいたん》な声になってしまった。その唖然とした顔を行深に向け、もう一度「やばいくらいうまい……」と心底から感激の声で褒めると、行深は目を瞬かせる。

「まねしただけなので」

「いや、まねっていっても、ただ線をなぞって写し描きした絵とはちがう。線と塗りに雰囲気があるっていうか、そういうのはまねしようと思ってもできないんだ。行深が持ってるセンスだろうな。すごいよ」

一路の賛美に、行深はぱあっと眸を輝かせうれしそうだ。

「普通は目トレスで描くと『いかにも模写しました』っぽく不自然になったり、線が硬くなったりするんだよな。行深のはナチュラルなかんじがする……」

でも行深のそれは、細部まで確認しながら丸写ししているのではなく、自分の中に一度落とし込んで、手本をあまり見ることなく描いたような絵だ。

「どこかで絵の勉強をした？　パースの取り方とか、誰かに教えてもらった？」

「いいえ……でもこんなふうにお手本になるものや画像を見て、まねして描くのが子どもの頃から好きで」

「独学……！　っていうか、もしかして感覚でやってんのかな……」

閉ざされた世界で生きてきたのだから、当然といえば当然だ。

一路はプロのマンガ家だが、プロアマ関係なく『神』と称賛したくなるほどうまい人は数多《あまた》いる。絵は表現であって、比べて語るのは無粋だと思うが、行深が描いたものはそういう『神絵師』と呼ばれる人たちと遜色《そんしょく》ないほど画力が高いと感じた。

――俺の二百倍くらいうまいんだけど……。俺のがそもそも『うまい』って言ってもらえるような絵じゃないしなぁ。とくに人物が致命的で……。

まったく描けない人からすれば描けているほうだろうが、「絵がじょうず」と一路が称賛されていたのは小学生くらいまで。マンガ家になった今、身内や友だち以外の人から掛け値なしで貰《もら》う絵に対する評価は「味がある」「雰囲気がある」「個性的」あたりで、褒め言葉が見つからずどうしようもないと「なんかいいよね」というふわっとした感想をいただく。

『顔で売ってない俳優』と同義——と、ファンを公言している読者たちに評されているのをSNSで目にしたとき、一路は言い得て妙すぎると思い、「あはっ」と声を出して笑ってしまった。

実際『顔で売ってない』と評される俳優たちは名バイプレイヤーとか個性派に分類されてるし、と一路は自分を慰撫《いぶ》しているが、匿名の見ず知らずの人に『これでマンガ家になれるんだ？』『俺のラクガキのほうがうまい』とばっさり斬られることもあり、「いっそ俺が考えたストーリーを、絵がめちゃめちゃうまい人に指定したとおりに描いてもらえたらいいのに」とちょっと本気で思っているくらいだ。

頭の中に浮かぶその理想どおりにマンガを描きたい——それをかなえるために、都合よく作画だけを担当してくれる人を探すのは簡単ではない。個性と個性のぶつかり合いになればうまくいかないので、互いを想いあえる信頼関係が必要だし、それなら多少ヘタでも自分で描いたほうが速い……となってしまう。

結局、厳しい読者の意見を目にしたときは、スマホの画面をさーっとスクロールだ。

「うまい。めっちゃうまいよ。行深、オリジナルで人物は描ける？」

「いえ……背景も人も、お手本を見ながらじゃないと」

「そっか。模写だけじゃなくてオリジナルも描けるようになれば、仕事にできるかも。まじでうまいもん」

プロでなくても、実在する静物や人工物、背景だとそこそこ描ける人は多い。

——俺もそうだし。でも行深はポテンシャル高そうだから、もっとうまくなりそう。

感心しきって褒めると、行深がじっと一路を見つめてきた。

「一路くんのマンガを僕も見たい」

行深は「僕の絵を見せたんだから」と言いたげだ。

「えっ……えーっと……絵がうまい人に見せるのはちょっと恥ずかしいな」

とはいえ、見せると約束していたので、一路は仕事部屋から持ってきたコミックス二冊を行深に手渡した。

「こっちは無職の男と嫁に逃げられたリーマンが同居するっていうマンガ。もう一冊は男子高校生と幽霊の話で、後半に短編が三本入ってる。短編の最後のがデビュー作」

「……ゲイの話？」

「えっ、いや、ちがう。無職とリーマンは同居してるだけで。幽霊は女の子だし」

ボーイズラブというジャンルもあるのだが、たぶん行深は知らないのだろう。

行深は二冊を並べ「どっちもおもしろそう」とつぶやき、デビュー作が載っているほうを先に手に取った。

「……あー、じゃあ、俺は昼ごはんの準備する。チャーハンでいい？　ピーマン平気？」

キッチンに向かいながら一路が問うと、行深から「好きです」と返ってきた。

「僕も何かお手伝いを」

「いや、レタスとピーマンをぶち込んだチャーハンと、あとはインスタントのカップスープにするから。目の前で俺のマンガを読まれるほうが落ち着かないっていうか」

作っている間に読んでもらうほうが気楽だ。

それから二十分くらいで昼食を作り、ふたりで並んで食べることにした。

チャーハンにはたまごとベーコンと、本来なら別皿にサラダとして盛るような野菜もぜんぶ入れることで、作る・食べるを短縮し、洗う手間を省いたザ・修羅場メシだ。

一路が「とりあえず食べよう」と声をかけると、行深は茫然とした顔を上げた。一路のマンガ本の一冊目、表題作をちょうど読み終わったところだったらしい。

「一路くんのマンガおもしろい……っていう感想が合ってるのか分からないですけど」

「ありがと。どんな系統のものでも『おもしろかった』って感想を貰うのはうれしいよ」

一路がにっと笑って「冷めないうちにどうぞ」と勧めると、行深は「いただきます」とチャーハンを食べ始めた。

「……あ、おいしい。レタスが入ったチャーハン、はじめて食べた」

「レタスがべちゃっとならないように最後に入れて、さっと炒めたらできあがり」

「だからちゃんとレタスの歯ごたえがあるんだ……」

しゃくしゃく、はぐはぐ、と食べる姿もほほえましい。

「……さっき『何かお手伝いを』って言ったけど、包丁を持ったことがないし、料理人みたいに鍋をこう……できません」

行深のジェスチャーから、一路は「あぁ、鍋振りな」と笑って、「料理しなくても生きていける便利な時代だよ」とフォローした。

「甘塩《あまじょ》っぱい福神漬け、ピリ辛の高菜炒めもあるよ。途中で味変するの、おすすめ」

「味変……」

わくわくした顔をしているので、行深のプレートの端っこに福神漬けと高菜炒めをのせてやる。行深は新しいことをなんでも試したいのだろう。

「……かたちがかわいい。十字架みたい……これ何？」

「あぁ、福神漬けのナタ豆な」

スマホでナタ豆を検索して見せ「これを切ると断面が十字になる」と説明してやった。

「へぇ……これ豆なんだ。からくない高菜おにぎりは食べたことある」

行深は両方の味を試してみて「甘いのとからいの、どっちもおいしい」と目をぱちぱちさせた。なんでも素直に受け入れるし、苦手なものがもともと少ないのかもしれない。

ちらっと横目で見ると、行深はチャーハンの残りをスプーンで『福神漬けコーナー』と『高菜炒めコーナー』に分けて食べている。

――おい……やることなすことかわいすぎだろ。

足りるかな、と心配になるくらいの若さ溢れる食べっぷりだ。「足りそう？」と訊くと行深は「はい」とうなずいて、プレートの米粒をきれいに集めている。

「……一路くんの一冊目の、女の子の幽霊と男子高校生のマンガって続きはないんですか？」

「あー、ないよ。前後編で終わり」

「幽霊の女の子と高校生は、あのあとちゃんと、生きてる人として会えたんですよね？」

「うん、たぶんね」

一路は皿を持ち上げて、残りのチャーハンをスプーンでがーっと掻き込んだ。

「このあとのことを想像したり、あのときどんな気持ちだったんだろうとか、なんか……このふたりのことをずっと考えてしまいます。考えてると胸が苦しくなるっていうか……なんだろ……。ふたりには、どこかでしあわせになっててほしいな……」

無言で食べている間、考えてくれていたらしい。

読後にその物語の世界に囚われて、お風呂でも寝る前も頭から離れない――そのマンガには、読者からもそういう感想を貰った。

「このふたりをしあわせにできるのって、一路くんだけなんですね」

「……え？」

「僕にはこのふたりをどうすることもできない。ふたりをつくった一路くんだけが、しあわせにできるんです。それってすごいことだと思います」

きらきらした眸でそう訴えられて、一路は目を瞬かせた。

「……あー……うん……そうだな、言われてみれば……うん」

キャラクターの人生や、彼らの想いについて掘り下げて考えるというのはマンガを描くうえで一路にとっては必要な作業のひとつだが、そんな単純なものではなかったのかもしれない――行深に言われて、そう気づかされる。

「でも俺が描くだけだとそこで終わってしまうから……読み手に届いたとき、そこでやっと芽吹くっていうか、息づくものなのかな……あ、ごめん、なんか気持ち悪いこと言って」

「ううん……一路くんがつくったふたりが、今は僕の頭の中にいるかんじがする。そんなお話を描ける一路くんは、すごいです。僕は何かを写したり、まねたりすることしかできないけど、一路くんはゼロから生み出してる。あ、あと、最後に男の子が振り向いたときの表情が好きだなぁ……驚きとか歓《よろこ》びとかいろんな感情が弾ける寸前ってかんじの。どんな表情だったか明確じゃない分、想像が膨らむのかな」

行深が饒舌《じょうぜつ》に語り、一路はほほえみながらうなずいた。

「……うれしい。ありがと」

読者に委ねるような表現を入れると『読み手に想像させて丸投げしてるのがいや』という人もいて、それはもう好みの問題かなと思っていたとはいえ、行深が自分と同じ感性で意図を汲み取ってくれたのがうれしい。

「あ、あの、僕、食後の片付けならできます」

「えっ、まじ？　じゃあお願いしようかな。俺はコーヒーを淹れよう。行深も飲む？」

それから行深は後片付け係になり、一路はその傍でコーヒーを淹れていたら、予定の時刻よりだいぶ早く慎太郎から電話が入った。

「――……えっ、仕事で呼び出し……そっか……それはしゃーない」

会社員の慎太郎がプライベートの時間を割いて一路の原稿を手伝ってくれているのだし、土曜日は朝から仕事ということも多いのだ。

『ごめん。今日はたぶん帰れない。あしたも何時になるか……戻るの夜になるかも。大ゴマの背景のトレス、午後からとりかかるつもりだったからまだやってないし』

スピーカー機能で会話をしているので、となりで洗い物をしている行深にも内容が聞こえ、心配げにこちらをちらっと窺ってくる。

「うんうん。だいじょうぶ。自分で進めとく。あしたもし、できそうだったらお願い」

『了解！　ごめんな！』

「ううん、ありがと。そっちも仕事がんばって」

終始慌てた様子の声からして、トラブル処理なのだろう。

通話終了のボタンをタップし、一路は「うーん」と唸った。

「直近の締め切りはＷｅｂ連載の原稿だけだからなんとかなるかな……。慎太郎、システム担当だから呼び出しが多いんだよな。財務、経理、システム全般、自社のエンジニアが組んだプログラム使ってるらしくて」

「……一路くんの原稿のお手伝い……他にやってくれる人はいるんですか？」

毎週更新とか、連載を複数抱えているようなマンガ家なら、アシスタントが複数いたりするのだが。

「決まった人はいないし、うーん……今から臨時で探すのもなぁ……あした慎太郎が戻ってきてくれるかもってあてにせずに、今日は徹夜したほうがいいな」

そう言いながらふと横を向くと、行深がこちらを見ている。

目が合うと、行深は小さくため息をついた。

「……僕が描ければ、お手伝いできるかもしれないのに……。でも一路くんみたいにパソコンを使って描くのは無理です。やったことない」

たしかにデジタルに慣れていないと、アナログと差異なく描くのは難しい。

しかし打つ手がないわけじゃない。

「アナログで描いたものを、スキャンしてデータ化するっていう手もある。手描きしたものをグラフィックソフトで扱えるようにするってこと」

「えっ、そんなことできるんですか？」

「俺はフルデジに移行する前はそうやってマンガを描いてた」

行深がさっき手描きしていた渋谷の街並みをスマホで撮影し、それをアプリで加工して見せた。彩色されたイラストの線画だけを抽出して、線の太さ、ストローク、色を置換したりもできる。線の印象を変えるなんて、デジタルでこそ可能な、魔法みたいなアレンジだ。

行深が「うわわ……すごい」と驚いている間に、一路は仕事部屋から一枚の風景写真を持ってきた。数年前に一路が旅行先で撮った、ひなびた温泉街の写真だ。

「渋谷の街並みを描いたみたいに、この風景写真を行深がトレスで絵にしてくれたら。奥行きがありつつゆるく曲がった小路《こうじ》の写真なんだけど、行深なら描ける」

行深はそれを手に取って、じっと見つめている。

「この暗いところの表現とか影は、俺があとからつける。つまりトーンやベタ……黒く塗りつぶすのをパソコンでやるから、手描きで必要なのは線画だけ。注意点はパースがずれないようにすること、くらいかな」

「さっき使ったペンで描けばいいんですか？」

「そういうこと」

一路がにっと笑うと行深は目を瞬かせて、やがてこくりとうなずいた。

一路は仕事部屋でひたすら残りのペン入れ、行深はリビングのテーブルで黙々と背景を描いている。行深に「不安だったら、途中で何回でもいいから見せて」とお願いしていたら、最初に「こんなかんじでいい？」と確認に来ただけで、あとは静かに集中しているようだ。

「行深、疲れるから一時間ごとに五分、十分くらいは休憩な」

一路が声をかけるけれど、行深は「はい……」と生返事だ。集中しているところで中断するのはたぶんいやだろうから、行深の分のお茶を煎《い》れてテーブルに置いてやる。

それから原稿用紙半分くらいのサイズの背景を、行深は一時間程度で描き上げた。

「おお、速いし、いいね！　さっそく使わせてもらうな」

スキャナーで取り込んだ画像を、液晶タブレットに表示する。そのままでは使えないので、画像に写り込んだ余計なゴミを取るなどの下処理をしなければならない。

「線画以外のところを透過した状態。……で、レイヤーに追加」

すでにキャラクターのペン入れが終わっているページに、行深が描いた絵から抽出した線画を配置する。行深もその様子を、一路の背後から終始見守っていた。

「わぁっ……僕が描いたのがマンガの中に入った……すごい」

行深の表現も、反応もかわいい。

「いろいろ調整して、俺の線となじませればいける」

一路がハイタッチしようと手を上げると、何テンポか遅れて行深も応える。

「めっちゃ助かった。これにベタとかトーンやって、仕上げてくから」

お礼を伝える一路の前で、なぜか行深がもぞもぞして俯いた。

「どした？」

「……頭、なでられるのがいい……」

「え？」

「今みたいに、手をたたくのより」

たしかに言われてみれば、行深はよしよしと頭をなでられるのが好きみたいだ。

一路は「うん、ありがと。じょうず」と行深の頭に手をのせ、軽くぽんぽんするようにしてなでた。

行深は頬をゆるめ、満足げだ。

「……他に、僕でもお手伝いできることがあったら」

「他に、か……。描くの楽しかった？　疲れてない？」

「ぜんぜん平気」

行深はわくわくした顔で、「もっとお手伝いしたい！」といった様子だ。

慎太郎があした戻れる保証はないし、『とりあえず今日だけ手伝ってくれる人がみつかった』とＬＩＮＥしておけば、こちらのことを気にせずに本業に集中できるだろう。

「えっと……じゃあ……」

ただ待たせるより、何かしているほうが退屈しないかもしれない。

慎太郎にお願いするか、自分で描くつもりだった別のコマの背景を行深に託した。

行深にお願いした背景の線画以外は、グラフィックソフトで処理するところばかりだ。追加した背景も、行深は一時間もかからず描き上げてくれた。

行深に手伝ってもらえそうな部分はもうないし、一路の作業を見ていた行深は「色がいっぱいある」とグラフィックソフトに興味を持ったようだったので、使っていないタブレット端末とタッチペンを「好きに使っていいよ」と渡した。

一時間ごとの休憩で行深の様子を覗くと、楽しそうにずっと描いている。描くことに夢中になっているようで、一路が淹れてやったコーヒーにはほとんど口をつけた様子がない。

始めた直後こそ線を描く、矩形《くけい》や楕円を塗りつぶすといった単純な使い方しかできなかったのが、線の種類やストロークを変えたり、グラデーションを使ったり、ブラシで重ね塗りをしたりなど、実際に機能をさわって覚えたようだ。

アナログしか知らなかった行深は、タブレット端末のつるつるした画面に最初は苦戦していたが、紙に似た書き心地が得られるフィルムをそこに貼ってやると、いっきに感覚を摑んだようだった。

「行深、楽しい？」

「えっ？　あ、はい。すごく、おもしろいです。一時間があっという間で……」

一路が話しかけても、行深の心はすぐにタブレット端末の中の世界に戻ってしまう。

そんな行深の気を惹《ひ》きたくて彼の頭をぽんぽんとなでて「だいぶうまく使えるようになったじゃん」と褒めると、うれしそうにした。

「でも思ったとおりに線が描けない」

「慣れだよ。画像を取り込んでトレスで練習したり、とにかく描いて描いて描きまくって、デジタルの感覚に慣れるしかない」

「……紙に描くのと同じように、一路くんみたいに描けるようになるのかな……」

「なるなる。俺なんか最初は『えっ、これやばくない？』って笑えないくらいにひどかったぞ。行深は飲み込みが早いよ」

この調子で毎日集中して描いていれば、すぐに追い抜かれそうだ。

「デスクトップパソコンと液タブで描いてるマンガ家は多いけど、ネームからぜんぶそのタブレット端末とタッチペン一本でマンガを描いちゃう人もいる。パソコンを使わなくてもいっていうのは大きいよな」

そんな会話をした短い休憩のあとも行深はずっと描いていたが、十七時を過ぎた頃に覗くと、ソファーにもたれかかって、颪太と一緒に眠っていた。

――行深の電池が切れたのかな、さすがに。ソファーに寝転べばいいのに。

昨晩眠ったのが三時過ぎだったたし、あれもこれもいっぺんにはじめての経験をしたのだ。

――夢中になって、楽しかったんだろうな。分かるよ。俺も絵やマンガを描くことを覚えた頃なんかとくに、朝起きてから寝る寸前まで、描きたくて描きたくてたまんなかった。

行深のまぶたにかかった前髪を指でよけてやる。

世の中の悪いことなんて何ひとつ知らないような、安らかな寝顔だ。

ふと、この安寧を護ってやりたいな、と思った。ほとんど思いつきみたいに。

自分じゃなくても、彼にやさしい手を差し伸べてくれる人が、外へ出ればすぐに見つかるかもしれない。金持ちでステイタスもあり、何不自由なく他人に与えられる人だっているだろう。そういう人がくれるやさしさや施しを行深が望むなら、引きとめないが。

――俺があげられるものなんてたかが知れてるけど……行深が「ここにいたい」って思ってくれるなら。

一路はぐっすり眠っている行深に、そっとブランケットをかけてやった。


二十時近くまで作業を続けたが一旦やめて、夕飯の準備に取りかかる。

包丁や食器などの音が響くうちに、行深は目が覚めたらしい。

一路はテーブルのカセットコンロに土鍋をセットしながら、寝ぼけてぼんやりした様子で座っている行深に声をかけた。

「起きたな。おはよう。八時……夜だからな。ごはん食べよう」

「……ごはん……」

行深は肩から落ちたブランケットをきゅっと握りしめ、一路を見上げてくる。

「じゃがバター鍋。具材は、じゃがいもとコーンとキャベツをたっぷり入れる。エリンギとしめじ、あとはウインナーかな。きのこ好き？」

「きのこもコーンも、好きです」

行深は犬みたいにくんくんして、「いいにおい」と頬をゆるめた。

鍋のにおいを嗅《か》いだらはっと覚醒したらしく、「僕も何かお手伝いを」と慌ててキッチンまでついてくる。

「あっ、必須のじゃがいもをレンジにかけてなかった。行深、これ三分チンして」

行深にじゃがいもが入った耐熱容器ごと渡すと「？」という顔をしているので、電子レンジの使い方を教えた。基本的に『ママが使っているものは危険だからさわらないように』と育てられたらしい。病院へ行くことを極力避けるため、ケガや火傷しそうなことを排除されていたのだろう。

「『あたため』は分かるんですけど、ボタンがいっぱいあってどれを押したらいいのか……」

「あー、だよな。多機能すぎるんだよな。他にもグリルとかオーブンとかな」

確かに便利だけど、行深の視点に立つとボタンだらけで戸惑うかもしれない。

「いつか料理も覚えたいです」

「いろいろいっぱい覚えなきゃいけないな。毎日が新しいことの連続ってたいへんだったり疲れたりするけど、行深は楽しそうにしてる……とかいうと無神経すぎかな」

最後にごめんとつけ加えると、行深が何か言いたげにじっとこちらを見てくる。

自身の失言に一路は少し焦ったが、行深は首を振ってにこりとした。

「こんなことも知らないのかって引きぎみに驚かれるか、僕の境遇を知ってる場合は憐《あわ》れまれるか、だいたいどっちかなんだけど……一路くんは、ちょっとちがう」

「俺もちょいちょい驚いてはいる」

「うん……でも、僕のことをかわいそうとは思ってない」

「それは、行深自身が楽しんでるって俺にも分かるからだよ」

一路は行深の印象をそのまま受け取っただけだ。

「僕はそれがうれしい。今日一日『ご自由に』って放任されながら、でも気にかけてもらってて……それもうれしい」

夢中で絵を描いていたけれど、一路がそっと見守っていたことに行深は気づいていたらしい。なんだかてれくさくて一路が「まぁ、うん」と笑うと、行深もはにかむ。

電子レンジができあがりを知らせて、ほどよく熱が入ったじゃがいもを鍋に投入する。

行深の前にも、取り皿とレンゲと箸を置いた。

「昼に続いて『切って炒める』『切って煮る』だけの修羅場メシばっかだけどな。限界突破しない限りは、まぁ、なんかしら作って食ってるな」

食と睡眠は健康に直結する。自分より年下のマンガ家が病気で倒れたなんて聞くと、他人《ひと》事《ごと》とは思えない。座業＋平日は夜の仕事という不規則になりがちな生活を、できるかぎり相殺しないとやばいと思うのだ。

外食はでかけるのが面倒だし、往復の時間が惜しい。デリバリーもたまにはいいけど、割高なので積極的に利用していない。どうしようもないときはお茶漬けとか、買い置きの菓子パンをかじるとか、カップ麺を啜ることになるのだが。

今日は行深が原稿を手伝ってくれたことで時間と心にも余裕があるし、あたたかいものを食べさせてやりたいと思った。

鍋がぐつぐつといい具合に煮立って、蓋《ふた》を開けると、ふわんとバターの香りを含んだ湯気が上がる。その鍋を覗き込んだ行深が「わ……おいしそう」と目をきらきらさせるので、その食い気に素直な反応に一路は肩を揺らして笑った。

「あ……なんかしれっと……夜ごはんも食べさせてもらう流れになってて……」

一路が笑った理由を誤解したのか、行深は前のめりになっていた身体をもぞもぞと落ち着けた。

「今日も泊まればいいよ」

「……でも……」

取り皿に適当に鍋の具材を入れ、「どうぞ。あとは好きに取って」と行深の前に置いてやる。

行深はその取り皿をじっと見下ろし、無言だ。

「はい、いただきまーす」

一路の号令に倣《なら》って行深も慌てて「いただきます」と手を合わせる。

それでも箸を持っているだけの行深に、「食べな」と促した。

「あのあと慎太郎にＬＩＮＥして、『行深がとりあえず手伝ってくれてるから、こっちのことは気にしなくていい』って伝えておいた」

急に慎太郎の話を振ったものだから、行深はただ目を大きくして、じっと一路を見つめる。

「……で、行深に相談なんだけど。よかったら、俺のマンガのアシスタントにならない？　うちに住み込みで」

行深は口が「え？」のかたちのまま半開きだ。

「……と言っても、俺がそもそもアシ代をたくさん出せるほどマンガでは稼いでないから、払えるのはお小遣い程度。だから行深が他に仕事を見つけて、独り立ちできそうだなって思えるまで、ここにいていいよ」

アシスタントとしての謝礼だけじゃ到底独り立ちなんてさせてやれない。だけど幸いにもここは一軒家だから、人が増えようと誰も咎めないし寝床にも困らない。

とりあえず住む場所さえあれば仕事を探すことに集中できて、行深の気苦労がひとつ減るだろう。その手助けになるなら、行深をここで寝泊まりさせるのは構わないと思ったのだ。

彼のバックグラウンドを知れば、無知な自分が踏み入っていいものだろうか、という迷いもあったけれど、ネットでも現実でも、人は人と関わって生きていくものだ。

一路はもうすでに、行深と無関係ではなくなっている。だったら、行深がこれから創り広げていく世界を、許される限り見守りたい。

「行深さえよければ、だけどな」

最初ぽかんとしていた行深は、言われている内容をようやく理解したのか、「あ、わ」と意味をなさない言葉を発し、忙《せわ》しなくまばたきしている。

「でもっ、アシスタントなんて、僕はぜんぜん描けないし」

「いや、俺の百倍うまいから。アナログ絵はプロレベル」

「デジタルでは思ったとおりに描けないし。即戦力にならない」

「言っただろ、慣れだって。行深が紙の上に描くのと同じように楽しくなるまで、練習あるのみ。だからしばらくがんばってもらわなきゃだけど」

行深はついに言葉を失い、箸を持った手をテーブルに下ろしてしまった。

「とくに行くところは決まってないんだよな？　ここを出たって仕事を見つけないといけな

いのは同じだし、そのために漫喫とかホテルを渡り歩くのもたいへんだろ」

この問いには、行深は答えていいのか迷うようなそぶりをみせた。認めれば、一路の申し出に甘える言い訳になるからと思っているのだろう。

「なんでもかんでも行深ひとりで始めるのはたいへんだろうから、っていうのもあるけど、いちばんは……俺がいやなんだよ、行深がどこへ行くのか分かんないのが。悪いやつに引っかからなきゃいいなとか、どこで寝泊まりしてんだろとか、行深がここにいないと、ずっと気になる。だから俺の心の平穏のためにも」

きみのためだけじゃない——それなら、行深が申し訳ないとか居心地の悪い思いをしなくてすむのではないだろうか。

「あと、マンガだけじゃなくて買い物とか、家事とか手伝ってくれたら助かるし。そのあたりを家賃代わりにってことでどうかな。それに、豪華な料理はできないけど修羅場メシでよければ教えてやれる」

「…………」

「ひとりでがんばるって決意したのはえらいけど、甘えられる場所があるなら、ありがとーって甘えとけ。誰かを頼るのは行深が弱いわけでもないし、悪いことでもないよ」

せっかく作ったのが冷めるから食べな、と促すと、ようやく行深も食べ始めた。

行深はじゃがいもをぱくりと食べ、スープを啜って顔をほころばせ、「おいしい」と小さくつぶやく。一路は行深と目を合わせて「バターは天才だよな」と笑った。

「このコーンがまたうまいんだ。コーン好きなんだよな?」

「……好き」

さっき「あとは好きに取って」と言ったけれど、鍋の底に溜《た》まっているコーンをおたまで掬《すく》って、行深の取り皿にどっさりたしてやる。

取り皿の中がコーンのお花畑状態なのがおかしくて、それを見てふたりで笑った。

「一路くん」

「んー」

「……一路くんが、いいって言ってくれるなら……僕はここにいたい」

「いいよ」

一路が軽く返すと、行深がうれしそうに笑う。

するとふたりのうしろで風太も「にゃーお」と鳴いた。

5.

小さな火花を落とす線香花火みたいなストリンググライトや、星形のペンダントライトの淡い明かりを、行深は寝転んだソファーベッドから眺めた。

一日があっという間に終わって、零時を過ぎたところだ。行深は今日もソファーベッドで眠ることにした。

猫の風太はさっきまで部屋を駆けずり回り、ひとり運動会を開催していたが、今はテントのかたちをしたペット用ベッドの中でふみふみしながら喉をごろごろと鳴らしている。

バッテリーがなくなってしまうまで絵を描き続けたタブレット端末の『充電中』を示す小さなオレンジ色、一路がいる仕事部屋からこぼれる乳白色も、どうしてだか一路の部屋にあるものはすべて、あたたかくてやさしい色をしている。

人の気配や、人工物の光、におい。きのうまで行深が街中で感じていたものとはぜんぜんちがう気がした。本当は大きな不安や焦りがあるのにそれを見て見ぬふりをして、がんばろうと自分を鼓舞していたから、物音にも光にも過敏になっていたのかもしれないが。

でも一路が「誰かを頼るのは行深が弱いわけでもないし、悪いことでもないよ」と言ってくれて、はっとしたのだ。

――がんばらなきゃって、思ってた。自分ができることをひとつでも多く見つけなきゃ、かわいそうじゃないことを証明しなきゃって必死になって。

一路が「なんでもかんでも行深ひとりで始めるのはたいへん」と言ったとおり、どこをどう進めば正解なのか分からず、まったく先の見えない迷路を歩くような気分だったのだ。

やさしい彼に甘えていいのかな、と迷ったけれど、こうして安心できる寝床が得られて心からほっとしている。仕事も焦って決めることないからな、と言ってもらったので、まずは一路のマンガのアシスタントとしてしっかりと手伝えるようになって、落ち着いた気持ちで探せたらと思う。

一路の仕事部屋のほうから、ペンが紙の上を走る音が遠く耳に届く。

行深が使っているタブレット端末にペーパーライクフィルムを貼ってもらったあと、本当に紙みたいな描き心地だったから感激した。すでにデジタルで描き慣れている一路も「紙にペン先を走らせる感触がないと気分がのらない」らしい。

――あの音……好きだなぁ……。

一路が以前アナログでマンガを描いていた頃に使っていたという道具も見せてもらった。無駄のないデザインのペン先とペン軸は鋭いかたちなのに、すっと美しく凜《りん》とした佇《たたず》まいで、とてもかっこいいと行深は思った。でもそれにインクをつけて描いているマンガ家は、ずいぶん減ったらしい。

「行深ー、音うるさくない？」

一路は行深がまだ眠っていないことに気づいていたようだ。

行深は「だいじょうぶ」と短く返した。

一路の寝室は二階だ。二階で寝てもいいよと言われたけれど、おもちゃ箱みたいなリビングを気に入っているし、知らない部屋で眠るより一路の傍を離れたくない。そういうわけで、行深がリビングで寝ているため、一路は気を遣ってデスクまわりに設置した光源で作業を続けている。

――原稿を早く手伝えるようになりたい。だからあしたは早起きしてたくさん練習しよう。

眠らなければと思いつつ、ついつい賑《にぎ》やかなリビングを眺めて、あんなのもこんなのもあったんだ、と新しく発見したりして、行深はいつまでも目をきょろきょろとさせた。

――……あの壁にかかってる木彫りのお面、羽根がついた帽子も一路くんがかぶるの？

クールな表情の一路を思い浮かべて、どちらもかぶせて想像してみる。

行深は上掛けの中に顔を埋め、肩を震わせて笑った。

視界に入るものはどれも楽しいし、変な時間に昼寝をしたせいでなかなか眠くならない。

――徹夜するのかな……僕がたくさん手伝えたら一路くんも睡眠不足にならないよね。

そうしたら、また一緒に寝てくれるだろうか。

二十歳の成人だし、ひとりで眠れないわけじゃない。ママと暮らしていた頃も、行深は自室で寝ていた。なのに、一路には甘えたい気持ちがやたらむくむくと湧いてくる。

——一緒に寝たら……また、僕と……してくれるかな。

きのうの今頃は、このソファーでセックスしていた。その記憶は生々しい。

一路のペニスで身体の中をこすられる感覚を追想してしまい、行深は毛布に顔を埋める。

あの行為を思い浮かべただけで呼気が熱くなり、行深はスウェットの胸の辺りをぎゅっと摑んだ。

頭の中がどろどろにとけてしまった気がするくらい、一路がくれるはじめての快楽に行深は耽溺《たんでき》した。彼の全身を使い、かわいがられて、しあわせな時間だった。

一路も「楽しかったね」と言ってくれたし、いやがられてはいないと思う。

——……したい。

ほんとは今すぐにでも。でも一路は原稿中なので、がまんしなければならない。こういうときに自慰をするのだろうが、この距離ではきっと一路に気づかれてしまう。

そっと自分の下肢に手をのばし、膨らみにふれてみる。

「——っ……」

あやうく声を出してしまいそうになり、すぐにそこから手を離して、行深は枕に顔を埋めて奥歯を嚙んだ。

——何をされても、気持ちよすぎて死にそうだった。

きのうの行為を思い出すと、心臓が爆《は》ぜ、息が上がり、下肢が疼いてしかたない。

――ち、ちがうこと考えよう。

覚えたばかりのグラフィックソフトの作業画面を、行深はむりやり頭に思い浮かべた。

作業画面と左に並んだツールを使って、想像の世界で絵を描いてみる。

忘れたくないことはイメージトレーニングみたいにこうやって一度でも思い返しておくと、行深の中にはそれが画像として残り、そして永久に消えない。

行深は、みんなそうやって『何かを記憶している』のだと思っていた。

医者やカウンセラーによって隔離生活による精神障害等の有無を検査される中、最初はサヴァン症候群を疑われたが、最終的には『映像記憶能力が高い』との結果だった。様々なものを無意識に『かたち』として捉え、見えない部分は過去の記憶と想像で映像を補完したりもする。

お手本どおりに絵を描くときは同じ絵を繰り返し見るから、とくに意識しなくても脳に画像が刻まれ、途中からその記憶だけで細部まで描ける。一路が行深の絵を見て「『いかにも模写しました』っぽくない、ナチュラルなかんじがする」と驚いていたが、そういう能力を持っているためだ。

――僕のこれがどこで使えるのか分かんなかったけど、一路くんのために少しは役に立ちそうだからうれしい。

画像の細部までいちいち確認しながら描くよりは早く仕上げられるのではないだろうか。

——僕の中を、一路くんでいっぱいにしたいな。

いじわるなことを言う人のことは、心で強く「消えろ、消えろ」と唱えると、そこだけぼやけて見えにくくなる。すべてを消してしまうことはできないけれど、ところどころで映像の一部が曖昧になっているのは、行深自身が「思い出したくない」と強く念じた結果だ。

「あなたのために」「あなたのことを想って」——それは嘘じゃないと分かる。でも、だからといって、あれもこれもぜんぶ受けとめなきゃならないのだろうか。

胸にたまる黒い煤《すす》のようなそれを、どこかで吐き出してしまわないと苦しい。そうすると人の気遣いややさしさを無下にするようで罪悪感を覚えるけれど。

一路を想って彼のためにすることで自分の中が満たされたら、なんの混じりけもなくしあわせだと言える気がした。


翌朝、行深が目覚めたとき、一路もソファーベッドの左側に寝ていた。

でもきのうの朝みたいに、身体がふれていない。座面と背もたれが合わさるラインを境界線にしているみたいだ。

——さわりたいな。くっつきたいな。

行深が手を動かそうとした瞬間、一路の頭のすぐ傍に置かれたスマホのディスプレイがぱっと光って、アラームとバイブレーションが鳴り始めた。

一路の眉がむむっと険しくなり、やがて目が開いたものの、ぼんやりしているようだ。彼の綺麗に整った横顔に、行深はうっとりと見とれてしまう。

険しい表情で一路がこちらを向いて、スマホのアラームをとめた。

「……あ……起こしちゃったな、ごめん」

「ううん……アラームの前に起きてた」

行深が彼のほうへ手をのばそうとした瞬間、一路が身を起こす。

「さて、仮眠取ったし、今日もがんばろ」

一路はソファーベッドから起き上がって「朝ごはんは、マヨたまごパンにしようかな」とつぶやきながら、キッチンへ向かう。行深はそれを無言で見送った。

「…………」

躱《かわ》された気がするけれど、思い過ごしだろうか。

行深もソファーベッドの背もたれを元に戻し、朝食の準備を手伝うことにする。

「行深、カップスープの準備よろしく。サラダの代わりだからトマトのポタージュにしようかな」

一路はこれまでどおりの声と話し方だ。だから行深は、さっきの違和感は気のせい、と思うことにした。

カップスープを任されたので、電気ポットをセットしたら、マグカップとスプーンを出して準備完了。あとは一路が作る『マヨたまごパン』を横で見学だ。

一路が食パンの真ん中に、スプーンの背を押しあててくぼみを作っている。

「……で、パンの耳に沿ってマヨネーズの土手を作って、このくぼみに細切りのベーコンを適当に散らしたら、たまごを割り入れる」

一路が殻を使って分けた白身のほうを先にパンのくぼみに落とし、そのあと、残った黄身をのせた。さらにピザ用チーズを上にかけて、トースターで五分。その待ち時間に行深は、黄身と白身に分ける理由を一路に訊ねた。

「黄身は、白身に包まれててなかなか火が通らないから分けた。分けると、黄身に完全に火が通らないくらいの半熟になって、フォーク&ナイフを使わずにばくばく食える。とろとろの黄身が好みなら、分けずにそのまま入れればＯＫ」

「一路くんのは修羅場メシ仕様」

「そう。合理的！」

チーズに焦げ目がついたら、ぐつぐつしているマヨたまごパンにドライバジルとブラックペッパーをふりかけてできあがり。余熱によりハーブとスパイスがいい香りを放っている。

「チーズ・半熟たまご・マヨの激アツ三重奏だから、ふーふーして食べなさい」

はふはふ、ふーふーしながら、ふたりで並んで食べた。

「行深がきのう手伝ってくれたから、今日一日がんばれば、夜はちゃんと寝れそう」

「ほんと？　よかった。あ、僕が朝食の片付けやるから」

「ありがと。助かる」

朝食をすませたあと一路は仕事部屋で原稿のつづきに取りかかり、行深はデジタルイラストの練習を再開した。


その日はお昼に『冷蔵庫の残り物ぶち込み雑炊』を食べた以外はそれぞれ作業に没頭し、十九時頃に一路の友人である羽田慎太郎がやってきた。土日出勤というハードな週末を終えて疲れているはずなのに、差し入れの弁当を持参してくれたのだ。

慎太郎は「うまいもんが食いたい」と、デパ地下弁当を三人分買ってきてくれたので、行深も一緒に夕飯としていただいている。

おこわ三種類に、カラスガレイの西京焼き、豚の角煮、鶏のから揚げ、厚焼きたまご、根菜の煮物などなど……彩りも美しく、おかずがたくさん入った豪華なお弁当だ。

「土日出勤したから、さすがにあしたは休みになったけどな。だから原稿手伝うよ」

「慎太郎～めっちゃいいやつでうれしいけど、ほんとに疲れてるだろうからとにかく寝て、まじで。あとは俺ひとりでも仕上げられるところまできてるからさ。風呂も入っていいし、帰るの面倒だったら二階の俺のベッドで寝ていいし！」

一路と慎太郎の熱い友情を目の当たりにして、行深は目を瞬かせた。一路は行深のことを助けてくれるけれど、友だちとはちがう気がする。

——……一路くんと僕は……師匠と子分……？　あ、ちがう、それを言うなら弟子か。

なんだか「わっ、それいい」と思えない。あんまり素敵なかんじがしない。

師弟関係よりも、一路と慎太郎の友情関係のほうが仲が良さそうだし、うらやましい。

「……二階のベッド……」

小さなつぶやきとともに、慎太郎の目線がこちらに向けられる。どう反応していいのか分からない行深は、慌ててぺこりと会釈した。

「彼は……ここで寝てんの？」

慎太郎が背後のソファーを指した。

そういえば、いつもは慎太郎がソファーベッドを使ってる、と聞いている。だからといって「じゃあ僕が二階のベッドに」というのも、なんだかおかしい。

「うん、そこに行深が寝てるから」

慎太郎が意味深に「ふぅん」と返して、再び弁当を食べ始めた。

「……で、ふたりはつきあってんの？」

その問いに一路が一瞬ぐっと喉を詰まらせ、「……いや、そんなんじゃ……」と答えにくそうに返している。

『つきあう』というのは『互いに好きと想いあっている者同士が恋愛関係を結んで交際すること』だ。そういう約束を一路と交わしていないものの、はっきり否定されると行深の胸はずきんとした。「行深のことをそこまで好きなわけじゃない」と言われたような気がするからだろうか。

「とりあえず仕事が見つかるまで、うちで面倒みようと思って。絵を描くのが好きみたいだし。きのうは例の背景のトレスとか、手伝ってもらった」

慎太郎の視線を感じながらそれを直視できず、どんな顔をしていたらいいのかも分からなくて、もそもそと弁当を食べるしかない。

――この人は、僕がここにいることを、あんまりよく思ってないのかな。僕がいわくつきだから、だいじな友だちの一路くんのことを心配してるんだきっと。

金曜の夜にボーイズバーで出会った謎の男を連れ帰って、日曜には「うちで面倒みる」なんて宣言されれば、そういう反応もしかたない。

「だいじょうぶなの？　彼はここにいて。誰かが心配してるとかはないの？」

「今日、身元を保証している人のところにも連絡させたし、そういう意味では問題ない。だいじょうぶ。あした月曜だから、都の担当の人にも行深から連絡させる」

行深はどきどきしながら「はい。電話します」と一路の言葉に続けた。

「ここじゃなかったらまたどこ行くんだよって心配すんのも、俺がいやだしさ。とりあえず日常生活を送るのに大きな支障はないみたいだし。ちょっとしたフォローは、誰がやってもいいんじゃないかなって」

一路が行深をここにとどまらせた理由をそう説明すると、慎太郎は「……まぁ、うん」とすっきり納得していないような曖昧な返事をする。他に言いたいことがあるのかもしれないが、自分が目の前にいるから呑み込んだのかもしれない。

「……絵、めっちゃうまいんだって？」

いきなり慎太郎からこちらに話を振られ、驚いた行深は口の中のおこわをもごもごさせる。

一路が彼にそう言ったのだろう。自分では「ただ絵を描くのが好きなだけ」だし「まねして描くことしかできない」と思っている。

一路はとても褒めてくれたが、慎太郎がどう感じるのかは分からない。

「あ、見る？　行深が描いてくれたところ」

一路はそう言って、タブレット端末を使って慎太郎に原稿を見せている。

すると、慎太郎の切れ長の目がぐっと大きく見開かれた。

「えっ、これ、仕上げも？」

「いや、デジタルはぜんぜん使ったことないらしくて、アナログで線画だけ。元の絵はこれ。

他にラクガキしてたカラーが二枚」

　慎太郎は割り箸を咥えたまま険しい顔つきで、行深がミリペンで描いた線画と、模写したカラー二枚を睨《にら》んでいる。バーで会ったときの、余暇を楽しんでいた慎太郎とちがい、今日はなんだか全体が尖っているような印象だ。

「……めっちゃうまいじゃん」

　行深に向かってそう言ってくれたときの慎太郎の表情が明るかったから、ほっとした。

　一路は、行深が目トレスで描きあげたことや、オリジナルでは描けないけれど、もともとまねて描くのが好きなことなど、慎太郎に説明している。

「現実と画像のパースのズレをたぶん感覚で直してる。しかも手が速いんだ」

　すると慎太郎も「どこかで勉強したの？」と一路とまったく同じことを訊いてきたので、行深はそれに「いいえ」と首を振って答えた。

　慎太郎は、行深が模写した温泉街の画像を指して続ける。

「これ、消失点がいくつもあって複雑な背景だよね。それにカメラで撮った写真って、レンズのせいでちょっとだけ湾曲して写るから、肉眼で見る風景と画像でズレが生じる。それを感覚で直してるってこと？」

　慎太郎に問われて、行深は消失点などという難しい専門用語はよく分からないけれど、指摘されている内容で合っていることは分かった。

「肉眼で見たときの絵にしないと歪むから、マンガとズレちゃう」

一路にお願いされた背景は、広角レンズや魚眼レンズで撮った写真のように見せるのが目的じゃないから、歪みを調整して描いたのだ。

慎太郎は「おお……」と感嘆の声を上げている。

「うまい上に速いとか、何それ天才じゃん」

「行深に絶対音感みたいな『絶対パース感』があって、絶妙な塩梅《あんばい》で調整してるんだと思う」

一路と慎太郎に褒められて、行深はうれしくて頬をゆるませた。

「だから昨日から行深にデジタルで描く練習をしてもらってる」

「えっ、マジで？　彼をデジアシにする気？」

「ここにいる間だけでも手伝ってくれたらいいなって。俺が慎太郎ひとりに頼りきってるせいで、今日なんか土日出勤したその足でうちに来てくれたりしてるんだしさ……。それにほら、今後ますます残業と土曜出勤が増えそうだって、きのう慎太郎が話してただろ？」

一路が申し訳なさそうにそう言うと、慎太郎が「あー……」と息をついてうなずく。

「じつは俺、四月から主任になるんだよね。来月からその仕事の引き継ぎ。主任だった人が三月末で辞めることになって、繰り上げってかんじなんだけど」

「ええっ、じゃあ、昇進じゃん。おめでとう！」

「俺まだ二十五歳だよ？　ほんとに他にいないからなんだってば。そのうち新入社員が入ってくる。しばらくは落ち着かないし、残業と土曜出勤が増えそうなんだわー。だから今まで以上に一路の原稿を手伝えなくなりそうなんだ」

慎太郎が一路に向かって「ごめん、先に謝っとく」と詫びると、一路のほうは「いやいや。マジでおめでとう」とハイタッチを誘った。

ふたりがハイタッチから笑顔で握手をしている。彼らをつないでいる固い友情をうらやましく思いつつ、行深は彼らを見守った。

「だから、便乗するみたいで申し訳ないけど、俺としても……行深くんががんばってくれたら心強いな、と思う」

慎太郎が行深と目を合わせ口元に笑みを浮かべたから、行深はごくっとから揚げを呑み込んだ。

「まだへたくそだけど、がんばります」

自分が一路のためにできることがひとつでもあって、それで彼が喜んでくれるなら幸いで、親友である慎太郎まで認めてくれたことがうれしいと思った。


夕飯を終え、脱衣所で行深が入浴の準備をしていたとき、風太が整理棚の十段重ね座布団みたいなタオルの上で寝ていることに気づいた。

「風太またここで寝てた……タオル好きだね」

声をかけると、風太はじろっと行深を睨んでくる。

おいでと懸命に手を伸ばすけれど、高い位置から「動いてやらないぞ」という強固な意志を感じる目つきで見下ろされ、あげくの果てには「ハーッ」と威嚇《いかく》された。そんな猫様に向かって行深は慌てて「しつこくしてごめん」と謝る。

「でも脱衣所のドアを閉めちゃってるから、ここから出られなくなるよ？　今のうちにほら」

風呂に入る前に脱衣所から出してあげようという人間の親切心など、猫には通じずにお構いなしだ。

むりやり捕まえて引っかかれたくないし、と行深がおそるおそる手をのばしたり引っ込めたりをくりかえしていると、風太が「しょうがねぇなぁ」とでもいうように立ち上がり、伸びをして、上から行深を俯瞰《ふかん》で見下ろしてくる。

「風太様、おいで」

行深が両手を広げて傅《かしず》くのなんか無視で、風太はそこからひょいと床に飛び降りた。

「ちょっと仲良くなれた気がしてたけど、僕のほうが新入りだもんね」

風太は「ドアを開けて」と要求するように、背後の行深に「にゃあ」と短く鳴く。

たかだか一日や二日くらいで完全に心を許したりしないのか、もともとツンデレな性格なのか。

風太を出してあげてドアを閉めた直後に、リビングから出てきた一路と慎太郎の声が響いた。ふたりは行深がいる脱衣所の前を通り、「お、風太、慎太郎は帰るって」と風太に話しかけている。結局、慎太郎は泊まらずに帰るようだ。

挨拶したほうがいいかなと思ったけれど、下衣を脱いだあとで下着一枚だ、と行深がためらっていると、ふたりの会話が聞こえてきた。

「風太のときみたいに、彼のことも、出会ったことが運命だとか、関わったことに対する責任だとか言い出すんじゃないかな、とは思ってたけど。猫だけじゃなくついに人を保護するとは、だよ」

慎太郎の言葉に、一路が「いやいや、誰でもウェルカムじゃないって」と笑う。

「それに保護っていうか……行深がちゃんとひとりで暮らせるようになるまで、ちょっと手伝うだけだよ」

ふたりは大声で話しているわけじゃない。一路も慎太郎も、行深がすでに浴室のほうにいると思っていて、すぐ傍で会話を聞かれていることに気づいていないのだ。

聞いてはいけないかもしれないけれど、彼らの話題が自分に関することだから気になる。

「一路って恋愛が絡むと薄情なのに、人情は厚いんだから……なんつーか……普通はもっと自分のしあわせとか、見返りとか、欲しがるもんじゃない？」

「いやいや、俺だって欲しいよ。なんもいらないわけじゃないって」

「言動が伴ってなさすぎ。修行中のナマグサ僧侶《そうりょ》かよって思うわー」

「修行中のナマグサ僧侶……？」

「善行を積みながら、その裏で軽薄で奔放《ほんぽう》なセックスに興じる！　みたいな」

　一路は笑って「興じとらんわ」と突っ込んでいる。

「それに……もうしない」

「……あれれ？　あれれ～？」

「たった一回しただけで、性欲と恋愛感情をまちがわせたくないし」

「あらら……そうなの？　それでいいの？」

「……いいんだよ。……もう、慎太郎は早く帰って寝ろ」

　ふたりが「疲れてんのに、ありがとな」「原稿がんばれよ」と挨拶を交わしている声を最後に、行深はドアの前からそろそろと後退《あとじさ》った。

　聞いていてもよかったのか、よくなかったのか。なんだかもやもやして、自分の気持ちの落とし所が分からない。

　ふたりの会話のいろんな部分が、心の襞に引っかかっている。でも自分がそれをどう感じているのか、いまいちぴんとこない。

　――……一路くんからすると、僕も保護猫みたいなものかな。

　ふたりは事実を話していただけで、悪いことは何も言われていないはずだ。

行深自身、一路に「野良猫や保護猫を助けて飼ってる人に、悪い人はいないと思う」と言ったように、彼の慈悲深いやさしさのおかげで、自分は今あたたかいお風呂と食事と寝床を分けてもらっている。実際、仕事も決まらず行くところがない状態だったのを助けてもらったのだ。

風太はかわいい。尊い。そこに存在するだけで癒やされる。行深は今のところまだ満足というほどには一路の役に立てていないが。

——でも一路くんは、僕にもやさしくしてくれる。

そう思いつつも、行深は目を瞬かせた。心のどこかが納得してない。

何に引っかかっているのか分からず、行深は下着を脱いでいる最中も、さっきのふたりの会話を必死に思い返した。

一路は『行深がちゃんとひとりで暮らせるようになるまで、ちょっと手伝うだけ』と言っていた。

人に面倒をかける生活などいつか終わらせないといけないのは当然だし、それまで助けてもらえるのはありがたいことなのに、その言葉を思い返すだけでなんだか胸がちくんとする。

風太は猫だからずっとここにいても構わないけれど、人間はそういうわけにいかないんだ、と行深はしょぼんとなった。

——いや……そんなの当たり前だよ。独り立ちする覚悟で出てきたのに、僕は甘えたやつだ。最初からこんなんじゃいけない。

これについては自分の弱さを律しなければ、と気持ちの落とし所を見つけたが、気になる部分はまだある。

慎太郎いわく、一路は『恋愛が絡むと薄情』で、『愛のない奔放なセックスに興じる修行中のナマグサ僧侶』らしい。

そういえば今朝、行深が起きたとき、彼にふれようとしたらその手を躱された気がした。

――僕が愛とか恋が何かも知らないままえっちして、でもえっちしたことでかんちがいされたら困るって一路くんは思って、それで予防線を張られたのかな……。

ふたりの間に愛がないから、「セックスしてくれませんか」に一路は応えてくれたのだ。

ここで迎えた最初の朝は彼のほうからキスしてくれたり、夜のつづきみたいな雰囲気だったけれど、行深の素性が明らかになってからはぱったりだ。

――……一路くんはきっと、僕に恋されたくないんだ。知ったばかりの行為のせいで盛り上がって、まちがっても好きになんてならないでくれってことなんだ。

一路は締め切り間近の原稿に集中しなければならず、今はそれどころじゃなくて当然だと思っていたが。

――じゃあ、もうえっちしてくれない……かも？

ふたりの会話の最後を思い出した。一路が「もうしない」と言った言葉、あれはセックスのことだろうか。

「……もう……僕としてくれないんだ……」

あの話の流れからすると、そういうことのような気がする。

恋愛感情が絡むと面倒だから。いつか出て行くことを前提に、一路は行深を保護してくれているということなのだろう。

いろんなことがいっぺんに腑《ふ》に落ちた。それと同時に胸がきゅうっと窄まる。なんだかショックを受けている。行深は一路とまたしたいと思っていたからでもあるけれど、それよりもっと、心の奥のほうがずきんとした。

愛されてはいなくても、だいじにしてもらっているのは伝わるし、それで充分なはずだ。

――僕は案外、欲深いのかな。なんでも欲しがるなんて、子どもっぽい。

一路は『恋愛が絡むと薄情』らしいが、幸いにも、行深に対しては恋愛感情がないから親切にしてくれている、ということなのかもしれない。

「……よかった……のかな……？」

救われる結論に至って、それでももやもやと頭の中に雲がかかるような、なんともすっきりしない心地に首を捻《ひね》りながら、行深は浴室のドアを開けた。

一路はその日、行深が寝る時間になっても、まだ原稿をがんばっていた。「もう少しで終わるからだいじょうぶ」と言っていたけれど、本当だろうか。

仕事部屋のほうは、昨晩と同じように行深の眠りを妨げることのない光量で明かりが灯っている。

――本当は慎太郎さんに原稿を手伝ってもらいたかったのかもしれない……。でも仕事で疲れた友だちに気を遣ったんだろうな……。

友だち思いで、猫思いで、見ず知らずの行深にも親切だ。

――早く一路くんの原稿を手伝えるようになりたい。役に立ちたい。あしたもがんばろう。

今日も朝から晩まで、原稿に没頭している一路と同じくらい、行深もデジタルイラストの練習をしていた。分からないところがあったら、いきなり一路を頼らずに、まずはネットで動画を探す。

目に見えてうまくなったかんじがしないのが不安だが、とにかく毎日描きまくって、デジタルの感覚を身につけるしかない。

世の中には親切な人がたくさんいて、グラフィックソフトの使い方を無料の動画配信でレクチャーしてくれる人や、ブラシやテクスチャを配布してくれる人、いろいろだ。

――そういう人は、どこかの誰かの助けになることがうれしいのかな。でもそれって、助かったなって思った人が「ありがとう」って言わないと、その人には伝わんないよね。あ、だから配布ページのメッセージ欄にお礼コメントを書いてる人がいるのか。

その顔も見えない名前も知らないどこかの誰かに、行深も「ありがとう」とメッセージを送ってみたいな、と思った。

――SNSも使ったことないけど……僕でもメッセージって送れるのかな。

行深のスマホにはSNSのツールが何も入っていない。自分みたいな世間知らずがああいうアプリを使うと、いきなりトラブルに巻き込まれそうで怖いと思うからだ。海江田さんは「もう少しいろいろなことに慣れて、お友だちもできたらきっと自然に覚えるよ」と言っていたが、自分がまずそういうアプリを入れないと何も始まらないのではないだろうか。

――あした、一路くんの原稿が終わったら訊いてみよう。教えてもらおう。

一路もLINEなど使っているようだから、同じ家の中にいるけれど、そういうツールでメッセージを送ったり、貰ったりしてみたい。

――どうしよう。したいことがたくさんある。あしたのことを考えたらわくわくする。でもまずは絵の練習もしなきゃいけないし、時間が足りない。

忙しいのがうれしい。今日よりあしたのほうがわくわくする。

眠らなきゃと目を閉じても、行深は明日への期待で頰がゆるんでしまうくらいだった。

いつの間にか眠っていたが、翌朝、起きたら一路の仕事部屋のほうに明かりがついていたから、行深は驚いた。

「一路くん……？」

一路はノイズキャンセラー付きのヘッドホンをつけているので、作業中は足音くらいじゃ気づかない。

行深は一路の肩を背後からとんとんとたたいた。一路が「おわっ」と驚いて、ヘッドホンをはずしながら振り向く。

「行深、おはよ。あれっ、あ、もう七時か」

「……一路くん、寝てないの？」

「いや二時から五時まで仮眠取ったよ。原稿は仕上げのチェックしてて、あとちょっとで終わる。夜はバイトだから、午前中にデータをアップしておかないと。昼くらいに編集さんが出勤するから、一度目を通してもらって……」

そうだった。一路は土日以外の夜はボーイズバーのキャストとして働いているのだ。

「僕、朝食作ってみようかな」

「行深が？　何作る？」

何を、と問われるとぱっと思いつかない。

「……えっと……ネットで検索してみる」

「まじで？　じゃあ、お任せしようかな」

　ネット検索スキルは、少し上達した気がするのだ。といっても、『簡単、朝食』の検索結果上位の中で作れそうなものにチャレンジするというだけだが。

「困ったら呼んで」

　行深は少々心細い気持ちになりつつも、「うん」とうなずいた。

　なんでもやってみなきゃ分からない。一路が言うとおり、もしも困ったら彼に助けを求めればいい。

　冷蔵庫の中をチェックして、すっかり使い慣れたタブレット端末で検索する。

『みんなが作ってる簡単朝食のレシピ』を上から順にざっと見てみた。いきなり『ブリトー』『メロンパン』『中華粥《がゆ》』なんて出てきて「ブリトーってそれ何」と困惑する。

「簡単のハードルが高い……」

　どう考えても『食パンを焼く』くらいしか満足にできそうにない。さらに包丁を持ったことがないので許容範囲が狭い。包丁がないからと歯でキャベツを噛みちぎって料理をしている人をテレビで見たことがあるけれど、あれはサバイバル的最終手段の気がするから、もしも生死を懸けて生き抜かなければならないときが迫ったら、やってみようと思う。

「あ、これ、きのう一路くんが作ってくれた『マヨたまごパン』の白米バージョンみたいなものかな……ドリアっぽい」

その名も『たまごチーズごはん』。たまごととろけるチーズを使うのも、きのうと同じだ。あとはごはんとめんつゆがあればできるらしい。包丁もまな板もいらない。

――一路くん、起きてからすでに二時間以上経ってるし……こういうのでも食べるかな。

グラタン皿みたいな耐熱容器が必要で、行深からすると見た目は相当ハードルが高いが、食材を入れてトースターで焼くだけだ。

しかし耐熱容器の在処《ありか》が分からないので、これは家主に訊かなければ。

一路の肩を指でちょいちょいとすると、「何、どうした？」と笑顔で振り向いてくれた。

「一路くん、グラタンとか焼くお皿、ありますか」

「おっ、耐熱容器は大きいのと、ひとり分を作れるサイズとあるよ。何作ってくれんの？」

「えっと……まだ内緒」

自信はないから。できるかどうかだって分からないのだ。ネットのレシピの写真はとてもおいしそうだったけれど、果たして自分が作ってもそのとおりになるのだろうか。

一路に耐熱容器をふたつ出してもらって、さっそく行深は手を洗い、調理にとりかかった。

タブレット端末を横に置いて、レシピのとおりに作っていく。

「工程のひとつひとつに写真があるの、助かるな」

ここにもまた、無料で料理を教えてくれる親切な人がいる。

行深はみんなと同じようにできないことが普通より多くて、困る場面がたくさんあるけれど、知らない人の親切のおかげで案外いろいろできるものなんだと改めてうれしくなった。

「……『めんつゆ小さじ1〜』って……『〜』って何?」

そもそもこのレシピでいう『お茶碗一杯分のごはん』が、行深の思う『お茶碗一杯分』の量と同じなのかが分からない。みんなの持っているお茶碗が同じ大きさとは限らないから、『〜』で調節してねってことだろうけど。

「……味が薄かったらあとから足してね、ってことにしよう」

とりあえず料理初心者はレシピ通りに作っておいて、変に代替したりアレンジを利かせようとしないほうがいいはずだ。

「ごはんにめんつゆをかけたら真ん中を少しくぼませて、そこにたまごを入れて、最後にチーズをのせて」

あとはタイマーを五分にセットしたトースターにお任せだ。

「ネットすごい」

ここまで十五分ちょっとかかってしまったが、上々な気がする。

絵を描くことから始まったネット検索スキルが、料理でも役立ったのがうれしい。

タイマーが残り一分となり、トースターの窓から覗くととろけるチーズがふつふつとし始めている。でもこれほんとに五分でいいの? と不安になっていたら、表面に焦げ目がつきはじめ、茶色の部分がじわじわと広がっていく。

「わ……すごい。もうすぐだ……」

「トースターとにらめっこしてんの？」

一路がいつの間にかキッチンに来ていた。風太をだっこして冷蔵庫に寄りかかったポーズがかっこいい……と一瞬行深の心は沸いたけれど、連日の修羅場でさすがに疲れている様子だ。その気《け》だるいかんじが色っぽく見え、行深はそんな自分に少し困ってしまった。

ちょうどそのときトースターができあがりを知らせて、行深の気持ちも視線もそちらに戻って集中する。

「もう何を作ったか訊いていい？」

トースターの扉を開けると、一路も行深の傍でそれを覗き込んできた。久しぶりに一路と距離が縮まり、ふいにどきんとする。

「いい焦げ目。うまそう。グラタン？　ドリアかな」

「きのう一路くんが作ってくれた朝食の、ごはんバージョンみたいなやつ」

「お～、楽しみ」

一路のやさしい笑顔が間近にあって、行深はとろんとした心地で見とれてしまう。ますますどきどきが大きくなっていく。

それから一路が「あぶないから」と言いかけて、行深に「自分でやってみ」と鍋つかみを渡してくれた。

「加熱後のトースターはまじで凶器レベルで熱いから、気をつけてな」

一路が見守ってくれている中、木のトレーにふたつのグラタン皿をのせて運ぶ。

「行深ちゃーん。熱々のグラタン皿を直でテーブルに置くのだめだよ～」

「あっ、そうだ。鍋に敷くやつが。い、一路くん、助けて」

そういうところまで気が回らなかった。トレーを持ったままひとりでわたわたしてしまう。

シリコンの鍋敷きをテーブルに置いてもらい、飲み物のことも行深はすっかり忘れていたので、これも一路が準備してくれた。

「なんとか、できた」

トースターとにらめっこなどせず、待つ間に鍋敷きや飲み物を準備するんだ、と自分の手際の悪さから学ぶ。

ふたりがテーブルに揃ったところで「いただきます」をして、一路がひと口食べるのを見守っていると、「あ、うまっ」と笑顔を向けてくれた。

「え、これ何入れた？　ごはんのとこ」

「めんつゆ、小さじ1。薄くない？」

「あ、めんつゆか。薄くない。チーズの塩気と相まってちょうどいい。うまい」

味が薄かったらあとから足せばいいとはいえ、褒めてもらえてほっとする。

「……ほんとは最後にネギをのせたかったんだけど。レシピ外に『おすすめ』って書いてあって」

「ネギ！　うまそうじゃん。包丁使えないなら、ネギはハサミで切ればいいよ」

一路はそう言って、冷蔵庫からネギと、キッチンからハサミを持ってきた。

ネギとハサミを「どうぞ」と一路に差し出され、ジョキジョキと切ってみる。小口切りになったネギが器の外に飛んだりして、失敗もしつつ切り方のコツを覚えることができた。

「ネギをハサミで……そっか、いいんだ」

「俺はウインナーくらいならハサミで切ったりするし」

食材は包丁で切るものと思い込んでいた。

行深もひと口食べてみる。人生ではじめて、自分で作った料理だ。たまごは白身と黄身を分けずにそのまま入れたので、とろっとしている。

「……ほんとだ。おいしい。よかった」

「すごいじゃん。ひとりで作って、よくがんばりました」

「最後に結局一路くんに助けてもらって。作るっていってもぜんぶ入れるだけのやつだし」

もぞもぞと反省など述べていると、一路が行深の頭をよしよしとなでてくれた。

「はじめてなのに耐熱容器を使う料理なんてすごい。俺なんか最初はお茶漬けとかだったぞ。あ、それ料理とはいわないか」

ひひっと笑う一路に釣られて、行深も笑う。

「行深が作ったのも修羅場メシっぽいな」

「僕のも修羅場メシ」

「まぁ、うちで作るものは修羅場中であろうとなかろうと、つねに簡単な修羅場メシなので。あぁそっか、行深は俺がやってるのを見て育っちゃうのか……そうか」

一路の懸念の意味が、行深はよく分からない。行深が「だめなの？」と問うと、一路は困ったふうの顔だったのに、なぜかうれしそうになった。

「なんかほら、悪いことはできないというか。そんなつもりなくても、日々そこはかとなく刷り込まれて、行深は俺のまねしちゃうだろ」

「……悪いこと……って？」

「うーん……半月前に消費期限が切れたモッツァレラチーズを『まだいけるっしょ』って食ったり、冷蔵庫のいちばん下の冷凍室を足で閉めたり」

どんな悪事だろうかと思ったら、だ。

行深は一路の定義する『悪いこと』を、「あははっ」と笑った。

「まねしちゃだめだぞ」

「うん。たぶんまねする」

そんな会話をしながら、ふたりは朝食をとった。

——そうだ……一路くんに訊きたいことがあるんだった。

昨晩、眠りにつくまでの間に、いろいろ考えていたこと。

一路は原稿提出のタイムリミットがあるので、ゆっくり朝食をとる時間はないはずだ。もたもたしていても解決しない。行深は「一路くん」と声をかけた。

「僕もＬＩＮＥやりたい。とりあえず一路くんと。原稿が終わったら教えて」

「おっけ」

「他にもいろいろやりたいけど……」

「ｐｉｘｉｖとかやってみるといいかも。描いた絵をアップして、いろんな人に見てもらうと刺激になる。それに慣れたらＴｗｉｔｔｅｒとか、かな？」

一路は「なんでもやってみればいいよ」と明るく行深の背中を押してくれる。

「僕とえっちは？」

なんでもやってみれば、に間髪を容れずしたその問いに一路は喉を詰まらせ、「ええっ？」と声をひっくり返しながら、でもこちらを見ない。

「また……僕とえっちしてくれる？」

行深はまじめに訴えた。彼が行深のことを想って遠慮していたとしても、自分が望めば応えてくれるのではという期待もある。

だって一路とたった一回しただけだから、興味は尽きないどころか、本当はきのうだって「したいな」と思ったけれどがまんしたのだ。

ふざけてなどいないことは一路にも伝わったようで、ややあって彼がこちらを向いた。

「えっちは……しない」

微妙に距離があるのを感じていたし、そういう答えを予想できたけれど、本人からはっきりとそう告げられると胃がずんと重くなるほどショックだ。

「……行深は自分のセクシャリティを自覚できてないだろ？　だから、もっと自分の身体のこともだけど、誰と何を経験するのかっていうのも、だいじにしたほうがいいと思う……。チャレンジするのと、無謀に無茶をするのは別だと思うから。ヤっといて今さらだけど」

一路はあくまでも行深のためと言っているが、慎太郎との会話では少しちがっていたような気がする。

『恋愛が絡むと薄情』――行深に対して一路は恋愛感情がないから、最初のえっちを受け入れてくれたし、今もこうして親切にしてくれている。行深はセクシャリティを自覚してなくて未熟だから、まちがいで好きにならないように、一路のほうから予防線を張って「しない」という結論に達したのだ。

でも一路はこうして目の前で、『恋愛経験が未熟な行深のためにしない』と言っているのだから、それをまっすぐに受け入れるべきだと行深は自分の中で結論づけた。

「……うん。分かった」

分かりたくない気持ちもあるけれど、それは自分の身勝手だ。相手の意思を尊重しなければばならない。

「だからって、手当たり次第に『お試ししてみよう』って冒険するのは早いからな？　もっといろんな人と出会って、この人のことは好きだなとか、苦手だなとか、そういう自分の中でするジャッジは悪いことじゃないんだ。いやな人に対して、さわりたいともさわってほしいとも思わないはずだから、そういう自分の気持ちと身体を大切にして、相手も行深のことを大切にしてくれる人だったらいいよな」

では、一路に対して自分が「さわりたい、さわってほしい」と思ったのは、セックスに対する興味が先行したせいでおこった瑕疵《かし》なのだろうか。

――それに、恋愛経験だけじゃなくて、もっといろんな人と関わって人生経験しないと分からないだろってこと？

それがかんちがいか否かを証明できるほどには、行深は恋愛経験どころか人生経験がなさすぎる。

「なんていうか、とことん、『手を出したおまえが言うな』って話だけど」

苦笑いしている一路を、行深は切ない気持ちで見つめて、なんとなく調子を合わせて笑ってみたけれど、膨らみかけた風船が萎《しぼ》むように消え失《う》せた。

今は、一路以外の人と出会いたいとも、一路以外の人としてみたいとも思わない。

――一路くんにさわってほしいって思うのは、未熟な僕のかんちがいなのかな。自分のセクシャリティを自覚できてないから。恋愛経験がなさすぎるから。

その事実は変えられないのに、身体はそういうことなどおかまいなしだ。たった一度したセックスを何度も頭に浮かべては、発情期を迎えた猫みたいに悶《もだ》えている。

「……前はそんなことなかったのに、一路くんとしてから、僕、毎日、その……したくなって……苦しくて、身体がおかしい気がする」

「お……」

一瞬の沈黙がつらく、一路のほうを見ることができない。

「おかしくない。行深は健康な男子なんだから普通だ。だいじょうぶ。そっか、分かった。原稿の追い込みのときはがまんしてもらうしかないけど、俺は平日の夜はバイトだし、帰宅したらちゃんと二階の寝室で寝るようにする。だからソロチャンスはある」

そこで一路に明るく親指を立てられても、行深的に「そっか！」とはならない。

「……一路くんがリビングにいない間にしてるってバレる」

「お互い様だし、バレても俺だからいいじゃん。とはいえ、これからはリビングに入るときはノックします。二階に空いてる部屋もあるけど、寝具とエアコンがないんだよ。ごめん」

行深は、そんなことを謝る必要はないと首を振った。こちらはまだアシスタントにもなりきれていない、家事も満足にできないという状態で居候《いそうろう》の身だ。

「自分の部屋まで欲しいなんて思わないけど、僕も一路くんの寝室には無断で入らない」

一路と向き合い、どちらも「これからもよろしくお願いします」と挨拶を交わした。

「ふたりで暮らすルールとか、まだ何が必要か分かんない部分も多いから、こんなふうにいつでも相談して」

一路がやわらかにほほえんでくれて、行深は「うん」とうなずいた。

「お世話になっているのは僕のほうなのに……ありがとう……」

一路と出会うまでは、人が行深のことを想ってしてくれることは『やさしさ』だと思って受けとめてきたけれど、受け入れるしかなくて呑み込んできた部分もある。たとえば、「あなたができない・知らないのは誘拐犯のせいだから仕方ない」と勝手に許されることや、特段お願いしていないことを「困ってるでしょ」と先越されて与えられてしまうことも。

みんな親切でやさしい。だから不平不満をこぼしてはならない。ママはたしかに誘拐犯だけど僕にとってはまちがいなくママだった、なんて言えばきっと、彼らが納得する病名をつけられる。

――でも一路くんはちゃんと僕の話を聞いてくれる。だめなものはだめってはっきり返されるけど、僕が言い出すまで待ってくれて、「いいよ」って。

やさしくされたらうれしくて、だから同じようにやさしくしたいと思う。

――やさしくしたら、またやさしくしてくれて、そういうしあわせが欲しいな。

心までなでるような一路の声と、手のひらで、もっとかわいがられたい。ただいい子でいるためじゃなくて、彼に際限なく気に入られたい。過去に何があったかなどに囚われず、余計な気がねもなく、一緒にいると心地いいと思われたい。

それまでキャットタワーで寝ていた風太が床に下り、伸びをする。一路は「風太もごはんかな」と猫缶で風太を呼び寄せた。一路によしよしとなでられて風太もうれしそうだ。

——分かる。一路くんの手って、気持ちいいよね。

ごろごろと喉を鳴らす風太を見ると、自分もきっとあんなかんじなのだろうと思う。

でも飼い猫の風太とちがって、行深は日常生活をひとりで送れるようになり、仕事が決まったら、いずれここを出て行かなきゃならない。

——風太はいいなぁ、ずっと一路くんの傍にいられて。

気ままに遊んで、あくびして、甘えて、眠る。

風太みたいに居候の行深がここでずっとお世話になるわけにはいかなくても、自立することが『彼とのさよなら』ではないはずだ。

いつかここを離れるときがきても、一路との関係を大切にしたいと思った。

6.

腰穿《こしば》きしたエプロンのうしろポケットの中で、スマホがブブッと振動した。

新宿の『ボーイズバー　Ｒｏｍｅｏ《ロメオ》』のキャストは、基本接客中でなければ、個人的にスマホをいじっていても怒られることはない。ただし着信音・通知音ＮＧ、通知が丸見えになる状態でスマホをテーブルに置くのもＮＧだ。客を気分よく酔わせ、性的興奮を煽《あお》り、たくさんお金を使っていただくのが仕事だから、夢から現実に引き戻すようなキャストのプライベートなど見せてはいけない。

「……で、あの子とヤッたの？」

にんまりと笑いながら一路《いちろ》にそう問いかけるのは、先週末、行深に「手っ取り早く自分で経験してみたら？」とけしかけたキャスト、雪夜《ゆきや》だ。

「金曜の夜に魔窟に迷い込んだ、物知らぬかんじの、あのかわいこちゃん」

一路は「まさか」と軽く笑った。店内に客や一路以外のキャストがいないので、彼に何か訊《き》かれるかもと予想し、雪夜がバーカウンターに立った瞬間から答えを用意していたのだ。

「イチローが帰ったあと、『イチローくんってほんとにウリやってないの？』って他のお客さんから訊かれたんだよね。『やってない』って返したけど、あの場であの子にはっきり断ったの正解だったね」

「だってほんとにこれからもウリするつもりないし」

「その顔と身体《からだ》でイチローがウリやればまちがいなくナンバーワンじゃない？　もったいない。お宝ちんぽの持ち腐れ」

「げひーん。実際に見たみたいに言わないでほしいなぁ」

一路は笑いながら牽制《けんせい》して話を切り上げ、ポケットからスマホを取りだした。

さっきのＬＩＮＥ通知は、家で留守番をしているはずの『あの子』かもしれない。

トーク通知の最上位に『行深《いくみ》』の名前があって、今彼のことが話題になったばかりなので、一路は頰をゆるめないように意識しつつそれをタップした。

『一路くんへ。

慎太郎《しんたろう》さんから友だち追加してもらいました。ありがとう。』

そして笑顔の猫のスタンプが添えられている。

手紙の形式にしなければと思っているのか、いちいち『一路くんへ。』で始まるのがかわいすぎだ。うっかり自戒がとけてにやけてしまう。一路は雪夜にその顔を見られないよう、さりげなく背中を向けた。

猫のスタンプは、一路がプレゼントした。一路が使っているのと同じものを行深が欲しがったのだ。

行深のＬＩＮＥに登録されている『友だち』は、最初は一路ひとりだった。自動追加を使って『友だち』に少しでも名前が増えるとうれしいだろうけど、積極的につながりたくない人も含まれる可能性があるからそれはしなかった。

となると、互いを直接知っていて気軽につながれそうなのは慎太郎くらいなので、一路が間を取り持ったのだ。

一路が行深にＬＩＮＥの使い方で注意したのはふたつ。

『既読通知がついて、相手からなかなか返事が来なくてもがっかりしないこと』と『文章だけだとこちらの気持ちや口調までは伝わりにくいから、絵文字やスタンプでそれを補足したほうがいい場合もあること』。

メッセージを交わす相手が同じ考えとは限らないし絶対の正解はないけれど、コミュニケーションツールを過分なストレスなく使ってほしいので、それだけを伝えた。

他にもＳＮＳツールを使い始めると、直電やスマホメールにもない巧妙な『ツリ』や『のっとり』といった詐欺《さぎ》被害に巻き込まれるかもしれないので、おかしいと思ったらさわらず一路に報告するようにと約束した。

行深は知らないことが多いけれど聡明《そうめい》だ。一度話せばしっかり覚えているし、理解が足りない部分は「ここが分からない」と明確に伝えてくる。だから一路はじつのところ、それほど彼を心配していない。

――見た目はぽわぽわっとしてるようで、けっこうはっきり訊いてくるしな。

意思の強さを感じる眸《ひとみ》で、「また……僕とえっちしてくれる？」とストレートに訊かれたときなど、ちょっとぐらっときてしまった。

――いや……行深とのあれはまぁ……俺も、かなり、よかったんだけど……。

行深の過去を何も知らないままだったら、今頃はどうなっていただろうか。行深が絵を描けるとか描けないに関係なく、「行くところがないならここにいれば？」と誘う気がする。

――かわいいし。見た目もだけど。

行深のまっすぐで素直なキャラクターも、好奇心いっぱいの心を映す眸も、そういうものぜんぶが相まって尚更《なおさら》かわいいと思う。絵を描くことに夢中になっているときに一路が声をかけると生返事なところでさえ、愛《いと》しいくらいだ。

行深の過去を知っても、関わることを面倒だとは思わず傍《そば》に置いて、何をすれば彼が喜ぶだろうか、彼が知らないことをできるだけたくさんおしえてやりたい、などと考えている。

だけど、行深本人が「またえっちしたい」と望んでも、それに自分がのっかるのはナシだ。彼の中にあるのは恋や愛じゃなくて、覚えたての性欲だから。

――俺自身が今まで性欲を満たすだけのセックスしかしてないくせに、まったくえらそうに何言ってんだって話だけど。

これまでの薄っぺらな恋愛観に、まっさらな行深を引きずり込んで同調させるようなことはできない。この部分だけは、行深に対する好意より罪悪感が大きく勝る。

——行深とセックス……無理してるわけじゃなくて、頭がシャットダウンする。

とにかく今は、行深が経験したことのない、本来なら当たり前にある日常をただ一緒に楽しめたらいい。

さっき行深にもらったＬＩＮＥメッセージに、『慎太郎は終電で帰宅する日も多いけど、タイミングみて返事をくれるよ』と一路が返信すると、すぐに『ＯＫ』の猫スタンプが返ってきた。

今日、一路が原稿を提出したあと、半日の間にスタンプや絵文字の使い方など練習して、すでにすっかり使いこなしている。

——行深もがんばってるし、どこか遊びに連れてってやりたいな。

原稿も提出できて、直しが必要な部分もそんなになかった。

むしろ、担当編集に「今回すごくいいと思います」と褒めてもらえて、「この背景……日を惹《ひ》くんですけど……新しくアシさん入りました？」と訊かれた。背景とはいえど見る人が見ると、やはり行深の実力が分かるのだろう。

行深は毎日懸命に、そして楽しんでデジタルイラストの練習をしている。

——描くこと、食べること、それ以外にも、日常には楽しいことがいっぱいあるんだって行深に知ってほしい。

二十年も狭い景色しか知らなくてそれが当たり前の生活だったかもしれないが、膨大に広がる新しい世界で人と出会えば、一路が知らないことだって行深に教えてくれるだろう。

——俺は行深の背中を押してやらなきゃ。

それでいいのだと、このときは本心から思っていた。


翌日、早朝から取りかかった原稿の直しが順調に進み一段落ついたので、午前中のうちに行深を外へ連れ出した。

「今夜のバイトは、きのうのうちに休みをもらったんだ」

シフト次第というのもあるが、急用や思いつきでわりと休みを取りやすいのも、ボーイズバーの仕事のいいところだ。ひと月ほど店に立っていない大学生も何人かいるが、それが理由で辞めさせられることもない。

自宅最寄り駅について、改札の手前で一路は行深と向き合った。

「今日は行深と遠足&息抜きデートしようと思って」

行深は斜め掛けバッグの肩紐《かたひも》を摑《つか》んで、「遠足、息抜き……デート」と一路の言葉を抑揚なく繰り返している。

「……どこ行くの？」

「どこでしょう？　俺もよく分かんないけど、都内の散策？　行深がまだ行ったことないところとか、どうかな」

行深は首を傾《かし》げている。

「……行ったことないところ……たくさんあるから挙げるの難しい」

「水族館、動物園、遊園地は？」

「……動物園と水族館は海江田《かいえだ》さんと行く約束してたけど……行けなくて。遊園地も、ない」

「分かった。水族館と動物園、どっちも行こう。遊園地っていうか、どうせはじめてならほんとは舞浜《まいはま》の夢の国に連れて行きたいんだけどな。あそこはもっと朝早くから気合い入れて行かなきゃだから、また今度にするとして……スタートが遅いし今日は都内だな」

行き当たりばったり感がすごいけれど、どこへ連れて行かれるのか分かっていない行深はわくわくした目をしている。

「さて、どこへ行くでしょう～？」

一路は電車の開閉ドアに寄りかかったまま、行深に向かって笑った。

「えー……どこ？」

ちょっと不安そうで、でも好奇心に充《み》ちた目で問う行深がかわいい。

「本日の遠足デートコース。最初は品川《しながわ》でイルカショー、次は上野でパンダを見る。最後にドームの観覧車とメリーゴーランドで遊園地気分を味わう……っていうよくばりプランはどうでしょう？　駆け足でゆっくりできないけど」

「メリーゴーランドって、くるくる回る馬の乗り物？」

「たしか馬だけじゃなかったと思う。都内だったら、俺は日本最古のメリーゴーランドが大好きだったんだけどな。閉園しちゃったんだよなぁ……」

すると行深が小さな声で「僕が知らない間に」と悲愴《ひそうかん》感などない言い方でつぶやくから、一路は思わずぶっと噴き出した。行深も笑っている。

「エルドラドが動いていた過去には戻れないもんな。仕方ない。でも東京の街はつねに目まぐるしく変化していて、次々と新しいスポットがオープンするから、ぼけっとしてると追いつかない。流行《はや》り廃《すた》りも激しいんだ」

行深が知らない間に生まれて消えたスイーツも、きっと数知れずだ。

小学校の遠足や給食、中学校の運動会、高校の文化祭。行深が今はもう経験できないことはたくさんあって、それでも今できることだってある。

「そっか。じゃあ水族館と動物園と遊園地も行っておかないと」

「忙しいのもアトラクションってかんじで。関東エリアだけに絞ってもレジャー施設はたくさんあるから、時間に余裕があるときにゆっくり行くとして。また予定立てよう」

行深がうれしそうに「うん」とうなずいた。

水族館と動物園を観光客らしき団体に混じって楽しんだ。平日昼間だから、それほど混雑もない。

最初に訪れた水族館よりも、動物園のほうが行深のテンションが少々上がっていた。

「図鑑で見た」を連発し、展示動物を紹介する案内板を見ることなくほとんどの動物名を言い当てる。その動物の特徴なども、図鑑を丸暗記したのかというくらいに詳しい。

一路は外出したときに必ず建物や景色、いろんなものを撮っておく。景色だけじゃなく、水族館のイルカショーであやうくずぶ濡《ぬ》れになりかけた行深や、水槽の中のクラゲに夢中になっている横顔、ハシビロコウをじっと見つめて同じように動かない姿も、一路はスマホカメラで写真や動画にして保存した。

「……一路くんが写真をいっぱい撮るのって、マンガの資料にするから？」

「そう。背景の素材にもなるし」

以前はデジタル一眼レフカメラをつねに持ち歩いていたけれど、スマホカメラの性能が劇的に進化しているので、最近はスマホでばかりだ。

「行深、こっち向いて」

出口付近のお土産《みやげ》品店に並ぶパンダグッズを、「自分のお土産に何か欲しいな」と物色中の行深に声をかけて、また一枚撮る。

——あぁ……描きたいなぁ。

行深の眸に映るきらめきを、カラーで表現したい。

——理想どおりに描けても描けなくてもいい、自己満足のイラスト。

人に見せるためじゃなくて、描きたくて描く。そういうものを、そういえばずいぶん描いていない気がする。

「それがいいの？」

行深の手にはパンダのぬいぐるみキーホルダーがふたつ。

「一路くんちの鍵《かぎ》をなくさないようにキーホルダーがいいんだけど、顔だけのと全身と……どっちがいいか迷う」

自宅のスペアキーを行深にひとつ持たせたのだ。今は何もついてなくて、たしか財布の小銭入れのところに入っているはず。

「そっちのボールチェーンは落とす率が高いよ」

「じゃあフックでひっかけるタイプの、こっちがいいね」

パンダの頭の部分にスナップフックタイプの金具、顔の下に鍵をつけるためのリール紐がついている。

一路が行深の手からそれを取って「買ってあげる。初動物園の記念にプレゼント」と告げると、最初は驚いたものの「ありがとう」と笑顔を見せた。

支払いのときに「すぐ使います」とタグを切ってもらい、行深はさっそく斜め掛けのバッグの内側にあるDリングにつけて「これで鍵も取り出しやすい。かわいい」と満足げだ。

——俺は行深のそういうトコがかわいいなーと思うけどね。

一路は、動物たちよりも行深にほっこりさせられた気分だ。

「そういえば一路くんのTwitterを見たよ」

「マンガ、メシ、宣伝のループで、おもしろいことぜんぜん言わないかんじのやつね」

「僕も今日食べたのと、行ったところの写真を投稿してみたいな。いろいろ撮ったし」

行深のスマホの画面を覗《のぞ》くと、ずらりと今日の写真が並んでいる。一路と行深のツーショットも間に何枚か混じっていて、一路はくすりと笑った。

「アカウントつくればいいよ。それだとインスタのほうがいいかもな」

「一路くんをフォローしたいから一緒のTwitterがいい」

LINEも楽しそうにしているし、行深はいろんなツールに興味があるのだろう。

「じゃあ、俺も行深のアカをフォローするよ」

陽《ひ》が暮れてから、東京ドームへ移動するための電車に乗った。

行深のTwitterアカウントをつくるのを手伝って、彼の初投稿のパンダの画像に『♡』をする。となりの行深もうれしそうに、一路のランチ画像に『♡』をしていた。

一路が提案したアカウント名は『いくら』だ。一路がその場でスマホアプリを使って指で描いた『頭にイクラ三粒をのせた猫』の絵を、行深は「かわいい」とうれしそうにアイコンに設定した。

「Ｔｗｉｔｔｅｒはちがってちょっと扱いが難しいんだ。世界中のいろんな人が見てる。自分の投稿なんて誰も見てないだろ、って思ってても、意外と見られてる。だからそこを考えて使って」

「スタンプはないの？」

「スタンプはないけど、ＬＩＮＥにはない機能があって……」

こういうものをひとつひとつ教えるとき、行深はメモなど取らないがじっと凝視して、やはりぜんぶ覚えているらしい。

「行深って、記憶力すごいよな。動物園の地図とかも、俺なんか見ながらじゃないと進めないのにさ」

「……頭の中の写真を見てる。目で撮ったみたいな」

そんなふうに言うから、行深がぱちんと瞬《しばた》いたその瞬間にこちらが撮られた心地になる。

「行深……頭の中にその撮った写真をためてる？」

「一瞬だと細かいところはぼやけるけど、かたちを目でなぞると、もっとたくさん、はっきり覚えるから」

そこで行深が少してれくさそうにするのは意味が分からないが。

行深の説明を聞いて、一路は彼がよく発言する「かたち」の原理をようやく理解した。

「頭の中の写真……あぁ、行深は映像で記憶するタイプなのか。なんだよ行深、めっちゃ強いじゃん」

「ただ覚えてるだけで、今までそれで『役に立ったなぁ』ってことはなかったよ」

スマホの画面を見下ろしてそんなふうに言いながらも、なんだか行深はうれしそうだ。

行深が顔を上げて、一路のほうへ振り向いた。

「でも、細かく見比べずに頭に思い浮かべて描くから、その分は速いかもしれない……。たぶん。ほんの少しだけど」

「いや、でもそれってすごいよ。一分一秒の積み重ねで、最終的にかなりの時間短縮になるんじゃないかな。うまい上に描くの速いんだから神技だわまじで」

「でも今はまだ何も手伝えないし……一路くんのマンガを早く手伝えるようになりたい」

行深の眸はまっすぐで力強い。

「行深はあっという間に使いこなせるようになるよ。技術なんてすぐ追い越して、自分のオリジナルを描けたら、手伝うなんてレベルじゃなくなる」

すると行深は慌てて首を横に振った。

「一路くんと一緒だから楽しいんだ。ひとりで絵を描くより、ずっと。一路くんのマンガを手伝うためにがんばろうって思うんだ」

行深はあくまでも『一路くんと一緒だから』だと言う。

「……そっか。うん。次の原稿、行深のデジの練習が間に合わなくても、またどこかのコマの背景を描いてもらいたいな。行深が描いてくれた小路《こうじ》のコマ、編集さんがめっちゃ褒めてた。なんか俺まで褒められたし」

するとと行深はその報告がうれしかったのか口元をもぞもぞさせながら笑って、「もっとがんばる」とうなずいた。

本日の遠足&息抜きデートの最終目的地。東京ドームの遊園地では、観覧車から夜景を眺めたあと、ライトアップされているメリーゴーランドを見上げた。

メリーゴーランドの電飾は派手だけど、光の色も強さも、街を騒がしく彩るイルミネーションやネオンほどうるさくない気がする。

「……一路くんの部屋みたい」

「うち？　あぁ……ちかちかわちゃわちゃしてるもんな」

「ううん……ぴかぴかしてて、かわいい。好きだよ。僕、最初に一路くんの部屋を見たとき、クリスマスマーケットみたいだって思ったんだ。クリスマスマーケットにある光もやさしくて、ゆっくりで、あたたかかった。遊園地のこんな、夜のメリーゴーランドも好きだなぁ」

「乗る？」

乗ってしまうと、この光はあまり見えなくなるけれど。

メリーゴーランドのウサギ、ゴリラ、ライオン、ゾウ。生き物がいろいろいる中、「やっぱ馬でしょ」と意見が一致して、ふたりとも馬のシートに跨《また》がる。ほとんど乗っている人がいないため貸し切り気分だ。

「これ、『恋がかなうメリーゴーランド』っていわれてるらしいよ」

一路が告げると、行深が「えっ？」と目を大きくする。そしてすぐに音楽が鳴り、乗った馬が動きだして、行深が「あっ、うわっ」と驚きの声を上げた。

「意外と動きが大きいっ、思ったより速いっ、風っ」

「すぐ慣れるよ」

一路が言ったとおり二周もすれば慣れて、金色のたてがみの白馬に乗った行深は、揺られながら天井や中央の回転軸に施された装飾を眺めて満足げだ。

「行深」

振り向いた彼に一路が手を差し伸べると、行深が楽しそうに手をつないだ。

「行深、白馬に乗った王子さまじゃん」

「それなら一路くんのほうだよね。王子さまが多すぎる」

「王子さまが多すぎる、いいね。マンガのタイトルっぽい」

笑い合っているうちに回転が終わり、最後に行深は夢の世界のようなメリーゴーランドを外側から振り返った。

「僕、ときどき、今でもフィクションとノンフィクションが分からなくなるんだ。子どもの頃、本に書いてあることはぜんぶフィクションだって教えられて育ったから。おもしろそうなことも、戦争も、恋も。『白馬に乗った王子さま』って本当にいたの？」

童話は寓話《ぐうわ》だ。窮地に立たされた姫を助けるために現れた、心やさしく穏やかで、弱いものを護《まも》り助けることのできる高貴な男性のことを、そんなふうに表現している。

「いたと思うよ。理想どおりの人って意味でも、今だっているだろうし」

理想どおりなんて簡単ではないけれど、たったひとりのために「そうなりたい」と願うことだってあるんじゃないだろうか。そういうロマンティックな答えを嗤《わら》うより、行深には信じていてほしい気がする。

「いるって答えてくれる一路くんと、やっぱり、出会えてよかった」

うれしそうにほほえむ行深に、一路はそう答えてから猛烈にてれた。

息抜きをした日の夜も一路は仕事部屋で原稿を、行深はリビングのいつものテーブルでグラフィックソフトを使って練習をしていた。

ちらっと見た限りでも、最初に比べてめきめき上達している。でも、まだ本人が納得できるところには到達していないのだろう。

行深は今日乗ったメリーゴーランドの線画をタブレット端末で描いていたが、やはりテーブルに置いた写真のほうはあまり見ていなかった。

――これ……もしかすると始めて一週間くらいでかなり描けるようになるんじゃない？

一路が行深の傍に屈《かが》むと、ようやく顔を上げる。

「行深、描くの楽しい？　おもしろい？」

行深は目をぱちんと大きくして、笑顔でうれしそうに「楽しい」とうなずいた。

「……かわいいな」

思わず口からぽろっと出てしまうくらい。

行深の頭をよしよしとなでると、てれくさそうにはにかんだ。


一路が「もしかすると」と予想したとおり、行深は一週間かからずにタブレット端末とタッチペンで完璧《かんぺき》な線画を描き、簡単な水彩塗りくらいはできるようになっていた。

その日、一路がバイトへ行く準備をしながらリビングにいる行深の様子を覗くと、「できた」とタブレット端末を差し出してきた。そこに表示されているのは、淡いカラーで色づけされたイラストだ。

「おおー……」

一路は瞠目《どうもく》し、感嘆の声を上げた。

カラーはまだ始めたばかりだが、線画はとにかく完璧だ。

行深がはじめて『人に見せるために仕上げたイラスト』は、メリーゴーランドを背景に、パンダ、ハシビロコウ、シカ、フラミンゴなど動物園の動物と、水族館のイルカやチンアナゴ、クラゲまでいる不思議な世界だ。「描きたいものをぜんぶ詰め込みました」みたいなイラストだが、それがファンタジックな仕上がりに見えるのがいい。よくばり遠足デートをしたときの、行深の楽しい気持ちがこちらにも伝わってくる。

「真夜中に、みんながメリーゴーランドに集まったら楽しそうだなって思って」

絵の内容を説明しながら、行深はてれている。

そうなるのも分かる。描いたものを最初に人に見せるとき、心臓が飛び出しそうなくらいどきどきするものだ。一路だっていまだに同じ心境になる。

「すごい。めっちゃうまくなってる。全体的に行深らしくてかわいいし」

「なんかだんだん、一路くんの家の中みたいに見えてきた」

一路に褒められてほっとした様子も見て取れるが、あいかわらずてれくさそうだ。

「メリーゴーランドでも、うちっぽいって言ってたもんな」

「……だからますます、ほんとは、ここに一路くんを描きたいなぁって」

「え？」

「馬に乗ったところ」

ふたり一緒に乗ったために、その様子の写真がない。

「描きたいなら、納得いくところまで描けばいいよ」

タブレット端末を行深に戻し、一路が「モデルになりましょうか？」ととなりに座ると「だいじょうぶ」と素気《すげ》なく断られた。

「なんかふられた気分だ」

「ち、ちがうよ、ここに描きたすなら顔がすごく小さくなるし、それに一路くんの顔とか、見なくても覚えてるから」

ふられたかと思いきや、ものすごい告白をされた気分だ。ふいに返り討ちにされて、耳が熱くなる。

そんな一路の心境など知らず、行深は「リテイクだ」とうれしそうにタブレット端末に向かっている。

「えーっと、じゃあ、俺はバイトに行ってくるね。夜ごはんはパスタ麺を茹《ゆ》でる間に、作っておいたソースをあたためる。ガーリックトーストも焼くだけ。サラダは冷蔵庫。ＯＫ？」

行深は「ＯＫ」とうなずいた。今日は昼食の時間が遅くなってしまい、一路がバイトへ行く前に夕飯となると「ちょっとまだおなかがすかない」という状態だったのだ。

行深が風太《ふうた》をだっこして、バイトへ向かう一路を見送りに玄関までできてくれた。

「もし誰か訪ねてきてもドアは開けずに『おうちの人はいませーん』って答えるだけでいいからな。ＯＫ？」

夜に宗教やサービス、勧誘などの怪しい来訪者はほぼないとはいえ、昼間に行深が出てしまったとき、訪ねてきた二人組の男女から何かの冊子を受け取り「セミナーに参加しませんか？」と誘われていた……ということがあったのだ。

「ＯＫ。一路くん、いってらっしゃい」

「さっきのイラスト、仕上がりを楽しみにしてる」

「……がんばる」

行深が風太の前足をにぎって「ばいばい」する姿がかわいすぎる。

玄関の鍵をかけて、一路は自然と笑みをこぼした。


バイトが終わって深夜に帰宅したとき、いつもなら行深は起きている。「待ってなくていいよ」と伝えているが、行深はにこりと笑うだけだ。

一路の帰宅を待っていてもかわいいが、待てずに眠っていてもかわいいと思う。

——今日はバイト中に行深からＬＩＮＥが来なかった。描くのに夢中だったのかな。

静かに鍵を開けて、約束したとおりリビングのドアを軽くノックする。静かだ。

そっとドアを開けると、まず風太が出迎えてくれた。行深はソファーベッドに寄りかかってうたた寝している。

テーブルにタブレット端末を置いたままだ。

「……お……」

『真夜中のメリーゴーランド』のイラストは、どうやらできあがったらしい。画像として保存されているそれを見て、一路は心の中で「おお～」と感嘆の声を上げげた。

金のたてがみの馬に跨がるふたりの王子さまが描き足されている。

――……これって、俺と……行深？

ひとりは手を差し伸べ、もうひとりはそこに手をのばしており、つながってはいない。

顔の中は描かれていないけれど、ふたりともほほえんでいるのは、その口元の表現で伝わった。全体的に緻密に描き込まれているのに人物の表情だけが曖昧《あいまい》で、あえて手をつないだ絵にしない辺りにシンパシーを感じる。

――行深にとってはじめてのオリジナル絵じゃない？　無意識にボーイズラブしてるよ、これ。

にやにやがとまらないでいると、その一路の気配で行深が「ん……」と目を開けた。

「ただいま、行深」

「……おかえり、なさい」

もぞもぞとまぶたをこすって身を起こし、できあがった絵を一路にすでに見られていたことに気づいて「あ……」とはずかしそうに笑う。

「これさ、どうしてふたりは手をつないでないの？」

ふたりの王子さまをさすと、行深はぱちぱちとゆっくり瞬いた。

「そんなふうに描かなくても、つないだことが分かるし……」

「うん」

「でもちゃんと手をつなげたのかな……もしかして手を離したあとなのかなって、想像が膨らむ。一路くんも……そういうのが好きかなって」

「うん。こういう想像の余白があるイラスト、好き。この絵もずっと見ていたくなる」

同じように感じられる人と、同じものが好きなんて、探していた自分の半身を見つけたみたいでうれしくなる。

「緻密《ちみつ》で繊細で、ほんとにすごい。完璧だ。もうあしたから俺のデジアシを正式にお願いしたいんだけど。行深、まじでｐｉｘｉｖにアカウントつくってこのイラストをアップしてみな？　で、ｐｉｘｉｖとＴｗｉｔｔｅｒをつなげてさ……」

話しながら一路がなんとはなしにタブレット端末の画面を指でスワイプさせたとき、他のイラスト画像がちらっと見えた。

気になった画像に戻り、手をとめ、凝視する。

「ん？」

はじめて見た絵だ。

しかし一路が瞠目した瞬間に、行深にタブレット端末を奪取された。

行深はひどく焦った顔で、タブレット端末を抱えたままソファーに飛び乗るようにして一路と距離を取る。行深の突然の行動に、一路は唖然《あぜん》とした。

「……行深？」

「……っ……」

行深は奥歯を噛んで沈黙している。混乱した気持ちで一路も言葉を失った。ふたりの間にある空気が異様な緊張感で張り詰めている。

行深が先に目を逸《そ》らした。息が詰まり、時間もとまったみたいにふたりとも動けない。

ややあって、一路は口を開いた。

「行深……今のって……？」

問いかける一路に、行深は蒼白《そうはく》になっている。

「今のさ……えーっと、キスの絵？」

間違いなく、一路が描いたものではなかった。見覚えもない。となると、誰かのイラストを行深が保存したか、行深自身が描いた可能性もある。

――行深って、何かのトレスかまねしかしたことないって言ってたよな……？

今日はじめてオリジナルで、メリーゴーランドとふたりの王子さまを描いたはずだ。

一路の問いに、行深はタブレット端末をぎゅっと胸に隠すようにして抱いて俯《うつむ》き、今度はぶわっと耳まで真っ赤になった。

——……この反応は……やっぱ行深が描いたってこと……かな？

こっそり。キスの絵を。一路自身も、中学生の頃にそういうイラストを描いた覚えがある。

「行深が描いたの？」

「…………」

「えー、見たい。行深が描いたなら。いいじゃん。キスの絵だって」

そこまで恥ずかしがることだろうか、と思うので、あえて軽い口調で言ってみたが、行深は縮こまって、心もますます固まっていくようだ。

ついに行深はタブレット端末を抱いたままソファーの座面にうつぶせで倒れ込んだ。

ふてくされた子どもみたいになって、相変わらず頬やら耳やら首筋まで赤く染まっている。

「行深……ごめん。ああいうキスとかえっちの絵って、ちらっとでも見えたら分かるんだよな。行深は見せるつもりなかったかもだけどさ、もう見ちゃったしさ……。見たの俺だからいいじゃん。な？」

ソファーに突っ伏している行深の髪をよしよしとなでてやると、観念したらしい。隠していたタブレット端末を一路に押しやってきた。しかし顔を見せない。

「行深ー。行深ちゃん。こっち向いて」

よしよしと頭をなでてやる。根気強くそうしているうちに、行深はうつぶせのまま顔だけやっと一路のほうへ向けてくれた。むーっとくちびるを歪めて、恥ずかしそうにしながらかわいく睨《ね》められたりなどしたら、こちらが変な性癖を開花させられそうだ。

「……笑わないで」

「えっ？　笑ってないよ」

「にやにやしてるもん」

「まぁ、デジタル機器で、こういううっかりバレはあるあるだから。見るよー」

行深が描いたキスシーン。目を閉じてキスをするふたりを横から描いた、いちばんオーソドックスな構図だ。

画面いっぱいに表示したイラストを見て、最初は「おお～」なんて軽くはしゃいだ声を上げてみたものの、すぐに一路は「……ん？」と笑いが引っ込んだ。

――これはもしかして、もしかしなくても……。

「……えっと、これ、……俺？」

目を閉じた顔アップのイラストだが、なんとなく、この頬に添えた手の佇《たたず》まいといい、輪《りん》郭《かく》といい、自分の気がした。もしちがっていたら、訊いたこっちがうぬぼれやみたいで相当恥ずかしいことになる。

一路の問いに、行深は眸を潤《うる》ませ、じっと見つめてきた。

「……俺……と、行深？」

続けてした問いも、行深は否定しない。一路も目を逸らさないでいると、行深は手で自身のくちびるを隠すようにする。

互いに無言で出方をさぐる中、空気を読まない風太が一路の横で背伸びをして、ふああっとのんきにあくびなんかした。

——俺とのキス絵を描いたから、あんなに慌てて、隠したがったのか？

ようやく行深のほうから何かを話し出しそうな気配を感じ、一路はそれを待つ。

「一路くん……は、バーで、誰かとキスしてきた？」

こちらがした問いの答えは無視された上にいきなりあらぬ方向から質問され、一路は馬鹿正直に「今日はしてない」と答えてしまった。

行深の眸が悲しげに揺れる。

「僕とは、してくれないくせに」

「……えっ……あ……」

「今日はしてなくても、お客さんとはするんだ。僕だってしてほしいのに」

それはオプション料金が発生するやつで、などという答えでは、行深は「だよね」と納得しないだろう。言うに事欠いて「じゃあ、僕もお金を払えばいいんだね」となりそうだ。

「……し、したいの？」

問い返したら、またかわいく睨められる。

「一路くんが、だめって言うから。妄想して。妄想するしかなくて」

「……だから、絵に描いたの？」

妄想が頭にたまると、吐き出したくなる——すごく分かる。一路自身もそうだ。

オナニーと同じだなと慎太郎と笑ったことがあるくらい、それもいわゆる『あるある』だ。

「……描いたら、ちょっとだけ、した気になれたから……そこはびっくりした」

行深はそうぼやきながら、自分のくちびるをもにゅもにゅと弄《いじ》っている。

「そんなふうにするとくちびるが痛くなるよ」

行深の手を摑んでとめると、人差し指一本を、きゅっと握り返された。

「僕もがんばったごほうびが、欲しい」

ごほうびときた——これはおねだりなのか、交渉なのか。

一路はなぜだか自分が異様に慌てていることにも困惑した。

「ごほうびは、よしよしで」

「普通のがんばったのは、よしよしでいいけど」

このがんばりに対しては割に合わないと、行深は言いたいらしい。

「キスくらい」

「行深、『キスくらい』とか言っちゃだめです」

「キスくらい、僕は一路くんにしてほしい。他の人と……不特定多数の人とキスしてる一路くんに、だめって言われたくない」

何も言い返せないくらいのド正論だ。

握られたままの指をほんの少し、行深のほうへ引かれた。

——釣り竿《つざお》に引っかかったワカメみたいな俺。

だって行深はかわいい。こんなの、釣られまくるに決まっている。

これほど早く、グラフィックソフトでこのレベルの絵を描けるようになるために、一路が見ていない時間も、バイト中も、ずっと懸命に練習していたにちがいないのだ。行深の努力を傍で見ていたし、知っていたつもりだったけれど、この結果を目の当《ま》たりにして、彼の「描けるようになりたい」という情熱を事実として強烈に感じた。

もともと絵を描くのが好きだったのだし、新しい道具を手に入れ、それを使いこなせるようになる達成感が気持ちよかったのもあるだろう。そういう歓《よろこ》びも知っているから分かるけれど、行深のその行動の根っこに、『一路くんのマンガを早く手伝えるようになりたい』という気持ちを感じて仕方がないのだ。

ぶわわっと、胸で気泡が弾《はじ》けるような、心臓がいきなり沸騰するような、これがときめきってやつか、と一路ははじめて体感して驚いた。

――行深がそう言ってくれてた……だから俺のためにがんばってたって考えるのは、うぬぼれかな。でも、でも、そうなんだよな？

そんなの、キスなんかしたいに決まっている。

――あ、あれっ？　俺、キスしたかったんだ？

ちょっと前まであった行深との性的な行為に対する大きな罪悪感が薄まって、どうしようもなく愛しいという気持ちが腹の底から湧き上がって仕方ないのだ。

「……僕に、ごほうび……」

一路がもたもたしている間に、行深のほうはしゅんとした顔になっていく。

一路は、行深が頬を寄せて転がっているソファーの座面に手をつき、身を屈めた。行深は期待と不安をまぜた表情で、一路の動きを目で追う。

うつぶせの彼のまぶたにかかった前髪の束を指でよけ、そのまま手ぐしで梳《す》いてやると、行深は「ん……」と気持ちよさそうに目を閉じた。

一路の胸で湧き上がる気泡が一段と激しさを増す。強めの炭酸をひと息に飲んだときのようなその刺激に、一路は思わずぎゅっと目を瞑《つむ》った。

行深のくちびるに、そっと重ねてキスをする。

ただ重なるだけのキスに、一路の胸はとてつもなく切なく軋《きし》んだ。

くちびるを離すと、行深がまぶたを上げて、とろんとした眸で見つめてくる。

「……たくさんがんばったから、もう一回……」

頭の中が激しくざわついて、あらゆるものから彼を護りたいという庇護欲と、自分だけは彼を甘ったるく蹂躙《じゅうりん》するのを許されたいという相反する感情でいっぱいになった。

「…………」

「もう一回」

この距離でそんなふうに行深に甘えられたら、だめと言えない。

――これはごほうびで。だめな理由が見つからない。

とてもいけないことを考えそうになった気がして、『キスするのにだめな理由はない』なんて幼稚な結論に逃げ込む。

寝転がっていた行深がソファーの座面に手をついて、顔を上げた。愛おしい気持ちで、その頬をなでてやる。

――行深が描いたキス絵みたい。

今度はさっきのキスより、くちびるをしっかりと重ねた。

7.

一日はあっという間に終わってしまう。行深の体感としては深呼吸三回分くらいだ。絵を描いて、合間に勉強を兼ねてマンガ本を読み、絵を描いて……としていたら、また寝る時間になっている。「おやすみなさい」のあと、横になって目を閉じたら頭の中でも絵を描いて、しあわせな気持ちで満たされつつ眠りに就く毎日だ。

一路の家に居候《いそうろう》し、デジアシになったのが二月のはじめの頃。一日が深呼吸三回分くらいなので、気づけば『来週は三月がやってくる』という事実に驚いた。

一路はバイトがある日は帰宅が遅いので、就寝はだいたい深夜一時過ぎだ。行深の活動時間もそれに合わせているため、先に寝るなどして一路とすれ違うことはない。彼の帰宅を待ちたい気持ちもあるし、絵を描いているので無理していなくてもそういう時間になる。

そしてまた、一日の始まり。忙しいときは六時や七時、普段は八時に起きる。遅くても九時には仕事開始だ。

「じゃ、なんかあったら声かけてな。今日、行深にお願いするのはその四つの背景の線画だけ。あとはご自由にどうぞ」

「一路くんもがんばって」

一路が自身の仕事部屋へ向かうのを見送って、行深は手を振った。

デジアシの行深に任されたのは、マンガの背景にトレスで使えるカラー写真を、線画にする作業だ。一度描いた背景を他のコマでも使い回す予定なので、これにはベタやトーンなど線画以外の処理は施さない。

カラー写真をモノクロ二階調に変換すればそのままでもマンガの背景に使えそうに見えるが、無加工だとあまりにもリアルすぎて、人が描いたマンガの線となじまず浮いてしまう。そういう不自然さを消すために、取り込んだ画像の線をわざと削ったり、ぼかしたり、粗くしたりなど『汚し』を入れることで、マンガの線と融合させるのだ。

——一から描くのも好きだけど、人が描いた絵に見えるように、マンガを読む人の目を欺《あざむ》くための加工をするのもおもしろいな。

行深は一路に指示された背景の線画を描くだけじゃなく、このごろはその背景につける簡単なベタ、トーンも任されるようになった。

お手本がないと描けないと思い込んでいたけれど、最近はオリジナルのイラストを描く練習もしている。

——あのキスの絵がきっかけだったな……。

『真夜中のメリーゴーランド』の合間に描いた、一路とのキスの絵だ。

あの日の遠足デートを思い浮かべ、手をつなごうとしているふたりの王子さまを描きながら、頭の中でしっかりと一路と手をつなぐと、行深の胸は猛烈にきゅんとした。

妄想の中で一路と手をつないだら、そのままキスをしてほしくなった。でも実際にはしてもらえない。あのとき何度も一路とのキスを頭に思い浮かべているうちに、ふと、自分で描けそうな気がしたのだ。

はじめてキス絵を描いたとき、どきどきと胸が高鳴り、一路とキスをしたときのような多幸感を得られたから、それで自分を慰撫《いぶ》していた部分もある。

一路の本棚にたくさんあるマンガ本を片っ端から読み、いろんな人が描いたキスの絵を興味津々《しんしん》に見ていたので、どういうふうに描けばいいのかは頭にインプットされていた。

あとは一路が出会った頃に言っていた「男性の俳優が顔を横に少し倒して、女優さんの横顔が綺麗《きれい》に見えるようなキスをするのがいい」という言葉が記憶に残っていて、そういうふうに描こうと思ったのだ。

――だってあれ、一路くんとしたはじめてのキスだった。

キスをしたときにはもう、身体のぜんぶを彼になら見せてもいいと、行深の心は決まっていた気がする。

キスしたその日に彼とセックスしたなんて、今となっては嘘みたいだ。

望んでもかなわないので、最近はあの夜のことをあまり考えないようにしている。

――毎日楽しいけど、一路くんとのよくばり遠足デートは最高に楽しかったな。

そういう忘れたくないことを絵に描いて、行深はタブレット端末の絵日記アプリに宝物のようにしまっている。

たとえば仕事部屋でヘッドホンをつけて原稿中の一路のうしろ姿とか、眉間《みけん》に皺《しわ》を寄せて電話中の表情とか。一路にバレないようにこそっと描くのが楽しい。キス絵で懲《こ》りたので、えっちなものは描かない。どれもラクガキみたいなものだから万が一見られてもだいじょうぶ。ラクガキをたくさんすることで、デジタルイラストを描くのに慣れる意味もある。

――また一路くんとどこか行きたいな。

『絵を描きたい』『マンガ本を読みたい』以外に、目下、行深が望んでいることだ。

食品の買い出しだったら一路と何度も行ったけれど、やっぱりあれはデートではない。

――レジ打ちの紫色の髪のおばちゃんに「いつも仲良しね～」って冷やかされるくらいには行ってるけどさ。

彼と「何食べたい?」「これ好き?」なんて会話をしながら食材を買うのは楽しい。『節分』には豆とおかしをたくさん買って部屋中に撒《ま》き、ふたりで並んで恵方《えほう》巻きを食べたり、『バレンタイン』には一路がハート形のチョコを買ってくれたり。でも、そういう日常生活を補うための行動じゃなくて。

――もっとこう……特別な……とか思ってる僕は、なんて贅沢《ぜいたく》で厚かましいんだ。

心が乱れて、必要な線をうっかり削りすぎてしまった。アンドゥボタンをカツカツカツとタッチして、失敗している部分をもとの状態に戻す。

――デジタルって便利。百アクション前までやり直しが利く。

デジタルみたいに一路と出会ったばかりの頃の自分には戻れないが、「謙虚な気持ちを忘れてはいけないよね」と行深は密かに省察しうなずいた。自分がだんだん一路の親切に慣れ、心が霞《かす》んで、ありがたみが薄れているなら由々しき問題だ。

――そんなつもりはないんだけど……ただ、どんどんよくばりになってる気はする。

デジアシとしても駆けだしで、食事の世話もいまだに一路がメインでしてくれているという、まったく穀潰《ごくつぶ》しな居候なのに。

――その上、ごほうびばっか要求するし。

何かひとつ原稿の手伝いが終わるたびに、行深は自ら『ごほうび』と称して、一路からキスをしてもらっている。

最近「原稿以外では、どのラインまでOKか」をさぐっていて、ちょっとだけ面倒なトイレ掃除、月一回しかない風太の猫砂交換掃除を手伝っただけでもキスを貰《もら》えた。さらに、手間のかかるたまねぎ二個分のみじん切りですらキスしてもらえたので、もうなんでもいいような気がしている。

――めっちゃ忙しいときにどさくさで言うと、一路くんも「はいはい」ってかんじになってるしな……。さすがにみじん切りのときは「みじん切りでっ？」って二度見されたけど。

最初の「ごほうび」おねだりのときなど、そんな横暴を言うつもりはなかった。

そもそもお世話になっているのは自分のほうだ。彼のために絵を描くのも、ただ描きたくて描くのも、ごほうびを貰うようなことじゃない。でも一路にキスしてほしいばっかりに「ごほうびが欲しい」と言ってしまい、さらにそれが通ってしまい、現在に至る。

――箸が転んでもキスしてくれそうな気がする。

だってとにかく、一路にキスしてほしい。彼がそれを許してくれるかぎり、やさしさに甘えていたい。

――一路くん、今日はネームに集中したいだろうから、お昼ごはんを僕が作ろう。冷凍庫にたくさんストックしてるニョッキを使おうかな。

すぐ近くにいる一路に『お昼ごはんひとりで作ってみる』とLINEする。彼が原稿に集中しているときにできるだけ邪魔はしたくないので、彼のタイミングでメッセージを見てほしい場合はLINEを活用しているのだ。

数日前に一路と一緒に大量に作ったニョッキ。箱売りのじゃがいもが「何かのまちがいでは？」というくらいの激安特価で、調子にのって買ったものの、「ふたりでどうやって消費しようか」と悩んで見つけた解決法のひとつが、手作りニョッキだった。

一路から『ひとりで平気なの？』と返事がきたので、行深は『ＯＫ』のスタンプで返した。

料理も家事も、たいしたことはできないけれど、一路はいつも行深をしあわせな気分にしてくれるから、そんな彼を行深なりにささやかに、喜ばせたいのだ。

「炒めるの？　ニョッキはぜったいに茹でて食べるものだと思ってた」

一路はそう言うが、行深は彼と一緒に手作りするまで、そもそも『ニョッキ』が何かを知らなかった。なんかのキャラクター名かなというようなかわいい名前だけど、できあがったものが図鑑と水族館で見た深海生物の『ダイオウグソクムシ』にしか見えず、味を想像できなくて困惑したくらいだ。

はじめてニョッキを手作りした日に、茹でて、バジル入りのトマトソースをからめて食べたら、もちもちとした食感でおいしかった。今ではお気に入りだ。

大量にある冷凍ニョッキをアレンジするべく、検索して見つけたのが『ニョッキのパルメザンチーズ炒め』。ニョッキを茹でずに炒めるレシピは他にもあって、『バターコーン炒め』『ニンニクアンチョビ炒め』もおいしそうだった。

正午過ぎに仕事部屋から出てきた一路は調理中の行深の背後で「ニョッキ炒め。楽しみ」と、飲み物を準備している。

自然解凍したニョッキをオリーブオイルでかりっとするまで炒め、輪切りにしたウインナーを加えてさらに炒めて、最後にパルメザンチーズと黒こしょうで味付けするという簡単すぎる修羅場メシ。

器に盛ってパセリを振り、行深は「できた」とにんまりした。ネットで見たのと遜色《そんしょく》ないできあがりになっていると思う。あとはきゅうりと大根のスティックサラダ。包丁を使うのがまだ苦手で時間がかかる行深でもなんとかなるやつだ。

ふたりで「いただきます」をして、行深はさっそくばくっと食べる一路の様子を窺《うかが》った。

「……わっ、うーまっ。かりかりのもちもち。茹でるより焼いたほうが俺は好きかも」

「えっ、ほんと？」

「パルメザンチーズと黒こしょうもいいかんじ。ウインナーの塩気もあるし、味付けちょうどいい」

「味付けらしいことは何もしてない。目に見えてるやつをぜんぶ入れて炒めただけ」

「まじで？　うまいよ、ほんとに」

一路が喜んで食べてくれたので、行深的には目的達成、大満足だ。

「行深」

呼ばれて行深がふりむくと、一路にティッシュで口元を拭《ぬぐ》われたので、何かついてたのかなと思ったのだが、彼もそのティッシュで口を拭いている。よく分からないままその様子を目で追うと、一路の顔がぬっと行深に近づいた。

ちゅっと音を立ててくちづけられる。

「？？？」

ぽかんとしてしまった行深の前で、一路も目を大きくして瞬いた。

「え？　行深がひとりで作ってくれたし、おいしかったし、ごほうびのキス。ふたりとも口元がべたついてるかなと思って……あれっ、あっ、ちがった？　えっ、いらなかった？　あ……まだ『して』とは言われてない、よな……あああ」

一路がわちゃわちゃと慌てているが、びっくりしたのは行深のほうだ。いつも行深のほうから「して」とお願いしないと貰えないごほうびだったので、完全に不意打ちだった。

——今の、はじめて一路くんのほうから……キスしてくれた……かも。

それに気づいた途端に、ぶわわわわっと胸に水の粒が弾けるような感覚がくる。こちらからおねだりしてキスされるのとは、ぜんぜんちがう。

「い、いる。ごほうび。いらなくない」

「あ、あぁ、うん。はい」

一路が困った顔で恥ずかしそうだ。

——一路くん……てれてる……。かわいい。かわいい。キスしたい。

行深がぎゅっと膝の上でこぶしを握って衝動をたえていたら、一路が「そうだ。あれ、どう？」と別の話を振ってきた。

「オリジナルの絵、描いてる？」

「う……うん……描くっていうか、練習してる。一路くんと一緒に考えて創ったオリキャラに『演技をさせるつもり』で、表情とかポーズつけて、服装替えて。楽しい」

「食べたら見せて」

一路に勧められて、まねやトレスではなく自分でキャラクターを創り、自分の想像した構図で描く練習をしているのだ。

頭の中に記憶しているシーンを忠実に絵で再現すると、映像記憶能力が高い行深の場合はただのトレスになりかねない。だから脳内で動きを加え、角度を変え、見えない部分を補完したりして、オリジナルを描いている。

まねやトレス自体が悪いことではなく、それをオリジナルだと偽ったり事実を伏せて公開すると自分が信頼をなくすし、人をも傷つける——一路にそう教わった。だからそこは行深がいちばん気をつけている部分だ。

「行深は『自分で自由に描ける楽しさ』を知ることがいちばんだいじかな。で、それを俺だけじゃなくて、もっといろんな人に見てもらう。ラフでもいいから、ばんばんネットに上げてさ。見る人も『このラフからこんなイラストが完成するのか』って楽しめるから」

行深は一路の勧めを理解し、こくんとうなずいた。

「行深の『いくら』名義のｐｉｘｉｖとＴｗｉｔｔｅｒ、フォロワーもじわじわ増えてるな。『真夜中のメリーゴーランド』にコメント、ブクマ、いいねもたくさんついてるし」

最初に適当につけたアカウント名『いくら』が浸透し、もはや変更できない状況だ。

「慎太郎から『いくらちゃん、すごいな』ってLINE来た。仕事が落ち着いたら遊びに行くからってさ」

「僕にも慎太郎さんがLINEくれた。あのイラストを褒めてくれて」

慎太郎はほかにも『デジアシの仕事で困ることあったら、いつでもLINEしてね』など、行深を気遣ってときどきメッセージをくれる。

慎太郎だけではなく、あの習作を一作品だけアップしてみたところ想像以上に反応やコメントをたくさん貰った。その数の多さに驚いてしまい、ろくに反応も返せずにいたら、『もしかして誰かの裏アカ?』『Twitterのほうはマンガ家の帆風《ほかぜ》一路とだけ相互フォローしてる』『そのマンガ家の彼女か』『同じ日に、におわせデート画像(?)投稿』『それお互いに「♡」してるよ』『一路先生がアイコン描いてあげたっぽくない?』『普通にアシかも』『謎すぎる』とおおいにざわざわされて、ますます出にくい状態になっている。

「俺を担当してくれてる編集さんもついに『趣味で描いてるってプロフにありましたけど、プロ志望ではないんですか?』って訊いてきたし。興味を持たれてるんだと思うよ」

一路にそう言われて、行深は「まさか」と笑った。

練習を始めたばかりで、『プロ』だなんて意識の端にもない。そんなふうに周りがいくら騒ごうと、行深は一路のアシスタントとしての務めをしっかり果たしたいだけだ。

三月も半ばにさしかかり、自分で創ったキャラを動かすということに慣れた頃、一路から新しい課題を出された。

「これ、俺が高校生の頃に描いたネームなんだけど。ごらんのとおり、ただの丸い顔に『笑顔』『怒り』『焦り』とか感情が分かる程度に描いたラフね。これをもとにして、表情や動きをつけて、行深もマンガを描いてみない？」

渡されたのは手描きの『ネーム』。コマ割りされ、そこにキャラの表情やだいたいの動き、セリフなどがざっと書き込まれている。これをもとに下描きし、ペン入れをしてマンガができあがるのだ。

「マンガ……いきなりマンガなんて僕には」

行深は一路のアシスタントとして、指定された背景を描いたことがあるだけだ。

「ゼロからオリジナルイラストを一枚描くより、ネームからマンガにするほうが何を描けばいいか明確な分、描きやすいと思うんだ。動かすのは行深が創ったオリキャラでいいよ」

「……僕がいつも描いてる子？」

行深がよく描いているオリキャラは十七歳の男の子、二十四歳の男性、二十歳の女性だ。そのキャラを使って表情や動きのあるイラストを描いたことがあるだけ。それを日々、黙々とネットにアップしている。

「うん。マンガの主人公は男子高校生だから、十七歳の男の子をそのまま使えると思うよ」

軽くうなずく一路の前で、行深はそのネームを見下ろして沈黙した。

「ネームを読んで、まずはモブ以外のキャララフを描く。それを一旦俺に見せてもらって、そのキャラを使ってネームに沿って下描き、ペン入れ……っていう流れで」

もちろん、お手本はない。だって読んだことがないマンガのネームだからだ。

「行深、『いきなりマンガなんて』って緊張しないで。俺が『このコマにこういうふうに描いて』ってガイドしてるとおり、コマの中に動きと表情があるキャラを描き入れるだけ。どう？　やってみない？」

「……ガイド……そっか……」

そういうふうに言われたら、なんとなくできそうな気がしてきて行深は顔を上げた。

「やってみる」

それに、一路がどんなふうに描いてほしいかを読み解くのも、おもしろそうだ。

「ネームで意味分かんないところがあったら、何度でも訊いていい」

一路は「だいじょうぶ。行深なら描ける」と頭をなでてくれる。そんな一路を、行深はじっと見つめた。

ずっとひっそり考えていたことがある。

「完成したら……いつものごほうびに、ハグも追加で」

「ハグ？」

一路が目をぱちぱちさせた。

普通はハグが先で、キスがあとかもしれないが。

キスにハグが合わさったら、すごくしあわせになれる気がしていたのだ。

一路はもう一度「ハグ……」とつぶやいたあと、「うん、いいよ」と答えてくれた。

「ほんとっ？　じゃあ、がんばる。やってみる」

あからさまに笑顔が弾けて、もとに戻せない。

ごほうびがあるからがんばる、というのは、本当はちょっとまちがっているかもしれないが、行深にとっては新しい世界に飛び込むための、それが大切で大きなきっかけなのだ。


一路が描いたネームをもとにして、下描き、ペン入れ、そして仕上げを一路も手伝ってくれて、半月ほどかけてできあがった三十二ページのマンガ『ｓｐａｒｋｌｅ』を「『いくら』の名前でネットにアップしてみようよ」と言われて、行深はひどく驚いた。

風太を抱いていた腕に力をこめたものだから、風太が迷惑そうに行深の腕からするんと逃げ出す。

「俺の名前を出すと余計なイメージといらない先入観を持たれそうだし、それは伏せたほうが混じりけのない評価を貰えると思うんだよね」

一路に「マンガを描くのどうだった？」と訊かれたとき、行深は「楽しかった」と即答した。ネームだけじゃなく、下描きやペン入れの途中でいろいろと一路に相談したり、アドバイスを貰ったりして、ふたりでひとつのマンガを創る。ペンを入れるとキャラの魂が息吹《いぶ》いて、動きだし、完成に近づいていくマンガを前に、これまでに体感したことのないわくわくを感じてもいた。ひとりだったら、きっと一生知ることのなかった感覚だったと思う。

「でも僕は描いただけだから」

だからそれを『いくら』の名前でネットに上げるなんておかしいと思う。

「あぁ、『いくら』だと気になるか。じゃあ……『タラいくら』、『シャケいくら』、……あ、『うにいくら』とか、かわいくない？」

「一路くん、そういうことじゃない……」

作業机に座っている一路の顔はまじめで、冗談を言っているようではない。真剣に『いくら』を入れた上で、合作マンガを発表するための新しいペンネームを考えている。

「普通のペンネームでも、じつは原作と作画の二人組で描いてるっていうマンガ家はけっこういるから、それとおんなじ」

そうは言っても、一路のほうはいやじゃないのだろうか。

だってそのマンガを創ったのは彼だ。そもそも彼はプロのマンガ家だ。

「せっかく描いたんだし、人に見てもらったほうがいいと思うんだ」

「でも、それは一路くんのマンガだ」

行深は少し語気を強めた。自分は一路の指示通りに描いただけ。それは揺るぎない事実だ。

一路が完成したこのマンガのネームを手に取り、捲《めく》る。

「これ、じつは高校のときにイベントの出張編集部で原稿を見てもらったけど日の目を見なかったマンガのネームです。このネームから行深がどういうふうに描くのか興味があったんだ。プロですらない頃の俺と比較されていやなかんじがしたらごめん」

一路は苦笑いして謝ってくれるが、そんなふうにはまったく思わないので、行深は首を横に振った。

「俺が高校の頃に描いたマンガは、編集さんに『ストーリーはいいんだけど、絵のレベルを上げないと。もっとたくさん練習して』って返された。その当時に比べるとだいぶマシにはなったけど、ネットでも言われてるように、俺は今も絵がうまいマンガ家じゃない」

行深が眉を寄せて「え……」と口を開きかけると、一路が「ほんとのことだし、それはいいんだけど」と遮る。

「俺はこのネームから行深が描いてくれたマンガを見て、感激して、感動してる。頭でこういうふうに描きたいって、想像するとおりには描けなかった高校生の俺がこれを見たら、こういう才能を持ってない自分のことが悔しくもあるだろうけど、素直に『すげー！』って感動したと思う」

「僕は一路くんの指示がなかったら、こんなふうにマンガなんて描けない。これは僕が描いたマンガじゃない」

なおも首を振る行深の手を、一路が摑み、きゅっとつないだ。

「うん。これはふたりで描いたんだ。根幹に俺がつくった土台があるっていう自負があって、だから俺は傷ついていないどころか、今最高の気分で楽しんでる。ふたりでマンガを描いたっていうこの状況を俺は『おもしろい』と感じてるんだけど、行深は分かってくれる？」

行深は一路の気持ちがぜんぶは理解できずに困った。

一路はそんな行深の眸をじっと見つめて、「うーん」とひとつ唸って続ける。

「そうだなぁ……『俺よりうまいのむかつく。嫉妬《しっと》で発火しそう』って人もいるだろうし、『プロのマンガ家なら悔しがれ。プライドないのかよ』『そんなだからプロとして燻《くすぶ》ってんだろ』って言う人もいるだろうな。それも一理あるかな。だけど俺は、俺の理想を行深が完璧なかたちにしてくれたのを見て、こうやってもっとふたりで楽しみたいって思う」

「……一路くんの理想どおりに僕が描くのが、一路くんは楽しいってこと？」

一路がつないだ手に力をこめつつ「そういうこと」とにっこり笑った。

「マンガは『ストーリーも絵もどっちもうまい！　おもしろい！』ってのが理想だよな。俺もそうなりたくてがんばったし、最終的に認めてもらえてプロにもなれた。努力で高校生の頃よりはうまく描けるようになったけど、天性の才能の前にはひれ伏すしかない。でも、それはあきらめや敗北じゃなくて。俺は、俺の頭の中にあるものを行深が描いてくれたらいいなと思ってる」

　行深が見つめる一路の眸はきらきらしている。嘘偽りなく、心の底から楽しいと思ってそう言ってくれているのだと感じた。

「もう一度訊くね。行深は、俺と描くの楽しかった？」

「……楽しかった」

「またやりたいと思う？」

「……うん」

「俺もそう思う！　ハグしよう！」

　描く前に「完成したら」と約束してもらったあのごほうびのハグなのか、歓びを分かち合うためのものなのかよく分からないまま一路に思いきり抱擁されて、行深も彼の背中を抱きしめる。

「俺も『描いてみたら？』って勧めたときはほんの軽い気持ちで、『行深はどんなふうに描くんだろ』っていう興味と、行深にただ描くことを楽しんでほしいっていう思いだけだった。だから、こんなにうれしい気持ちになるなんて想像以上だ」

むぎゅうっと抱きしめられて、行深もしあわせな気分でいっぱいになった。褒められて、喜ばれてうれしいのか、ハグがうれしいのか、もう自分でも分からない。

――ぜんぶうれしいんだ。僕が描くものを一路くんが気に入ってくれたのも、それをこんなに喜んでくれるのも。一路くんがハグしてくれるのも、ぜんぶ。

漠然とじゃなく、行深がここにいていい理由が増えていく。期待が大きく膨らむ。

――そうだ。僕は、デジアシ以外にも新しい仕事を見つけて、できるだけ早くここを出て行かなきゃならないんだっていう意識が、ずっと頭の隅にあったけど。

これがもっとうまくいけば、一路とずっといられるのではないだろうか。

「俺と一緒に、またマンガを描こう」

「……うん」

ただ楽しいという気持ちのまま素直に。自分と同じように一路も楽しんでくれたなら、ふたりがそれでいいなら、何も迷うことなんてないのだ。

ペンネームにするつもりなんてなく決めた『いくら』から派生した『うにいくら』名義でマンガ『ｓｐａｒｋｌｅ』をアップすると、それがすぐにＴｗｉｔｔｅｒでバズって、さらに後戻りできなくなってしまった。

『真夜中のメリーゴーランド』をアップしたあと『いくら』のフォロワーが二桁《けた》からいっきに四桁になったときも驚いたが、ひと晩で五桁になった。

今こうして『冷蔵庫の野菜ぶっこみ天津飯《てんしんはん》』を食べている間にも増えている。

ごはんの上にふんわり焼いたたまごをかぶせ、その上から野菜のあんをかけたらできあがりの修羅場メシ。一路曰《いわ》く、「たまごにマヨネーズを混ぜて焼くのがポイント」らしく、最後に少したらしたごま油の風味も効いていておいしい。

「やばい。『いくら』のフォロワー数があしたにも『帆風一路』を超えるな」

一路は「しかも憶測が憶測を呼んで、行深が俺の彼女じゃないかって噂《うわさ》になってる」と笑っている。

『うにいくら』は年齢・性別・職業など非公開だ。だからみんなは作風や『いくら』の日常ツイートの内容から人物像を推察するしかなく、それをおもしろがっている節もある。

「アップしたマンガ、慎太郎から『あれ、元ネタは高校んときの持ち込み原稿だろ』ってLINEがきた。慎太郎は読んだことあるからさ。だから慎太郎には『うにいくら』が俺と行深のコンビ名だってことは話したよ」

「慎太郎さんは高校のときからの友だちだもんね」

「あの頃は、まだ友だちじゃなくて。じつは……慎太郎ってその当時俺の唯一って言っていいくらいのファンだったんだよね。だから慎太郎がときどき冗談で『ファンに手を出した芸人みたいなもん』って言ってる」

友だちでもあるけれど、慎太郎はその前から一路のマンガが好きだから、社会人になって仕事が多忙になっても、なんとかアシスタントを続けていたのかもしれない。だからなし崩しにデジアシを引き継いだ行深の様子も気にかけてくれている。

「でね、俺の担当さんは『いくら』が帆風一路のデジアシだってことは知ってるから、『Webマンガ雑誌に興味があるか訊いてみてほしい』ってさっき電話で言われてさ。どうする？俺の担当さんにだけ種明かしする？」

行深はスプーンを持つ手をとめた。

一路の担当編集ももちろん、『いくら』がひとりでマンガを描いたと思っている。『うにいくら』が『帆風一路＋いくら』の二人組だというのは、慎太郎と自分たち以外は知らないことなのだ。

「掲載前提の話だから、『うにいくら』が応じれば『一本描いてみませんか』ってことになるんだと思う。誰でも閲覧可能な無料のWebマンガ雑誌ではあるけど、掲載されればちゃんと原稿料は出る」

「……原稿料……」

「そこでの反応次第でコミックス化が決まることもあるし……というのはその先の話だけどな。マンガを描くことを仕事として受ける気持ちが行深にあるか、ってことだな」

こちらに問う一路の表情や話し方は明るく、行深の背中を押すようだが。

「仕事としてマンガを描く……」

それがどういうことなのか、行深の中では漠然としている。行深は一路のデジアシとして、ようやく彼の足を引っ張ることなく役目を果たせるようになっただけだ。マンガを描いて、原稿料が出る・出ないで何がどう変わるのか分からない。想像できない。

「……一路くんはどう思う？」

「俺はいいと思うよ。誰にでも平等に来るチャンスじゃないんだから、やってみるのはアリ。あとは『うにいくら』として作画を担当する行深次第」

行深としては一路がOKするなら、反対する理由はない。だって彼とマンガを描くのは、まず自分が楽しい。そして一路が喜んでくれる。それだけだ。

――ふたりでマンガを描いていくことを仕事にできたら、ずっとここにいられる？

もしもそれがかなえば最高だ。

「ちなみに説明すると、俺が連載でお世話になってる『Ｗｅｂバンボン！』は、『週刊バンボン』の後継として創刊されたＷｅｂマンガ雑誌。紙のマンガ雑誌『月刊ＢＡＮＧ　ＢＯＭＢ』を編集・発行している『ＢＡＮＧ　ＢＯＭＢ編集部』によるものなので、もろもろ信頼できます」

世の中には「信頼できない何か」があるのかもしれないが、行深には想像できない部分だから危惧《きぐ》して悩む要素がない。一路がいるから、もしも何が困ることがあってもきっとだいじょうぶだ。それは行深の中で揺るぎない。

「……一路くんがいてくれたら、やれそうな気がする」

マンガを描くこと以外も、ここへ来てからはずっとそういう安心感の中にいる。

「うん、やってみよう。ハグしよう」

これはごほうびではなくて、互いを励まし健闘を誓い合うためのハグだ。


四月に入り、一路が言ったとおりにとんとん拍子に話は進んで、『うにいくら』で『WebバンボンAbstract!』に五月末掲載予定で読み切りを描くことになった。公式サイトでもそのことが発表され、『帆風一路』とダブルで担当することになった女性の編集者である白井《しらい》から一路のもとに「注目されてますよ」と報告があったとのことだ。

一路は同Webマンガ雑誌にもともと隔週の連載を持っているため、それと並行して作業をしなければならない。世間はゴールデンウィークに突入しているが、遊んでいられない。そのため久しぶりに慎太郎がタブレット端末持参で、原稿の手伝い&もろもろフォローをするため家に来てくれた。

一路は仕事部屋で自分の連載のペン入れ中、慎太郎は行深のとなりで一路の原稿の背景を描いている。行深のほうは、Ｗｅｂ雑誌にはじめて掲載される予定のマンガの下描きを始めたところだ。ネーム、コマ割り、セリフなどの細かい指定はすべて一路が終えているので、それに合わせて行深が絵を埋めていく作業になる。

担当編集の白井には一路のほうから『うにいくら』が二人組という事実を伝えてあるが、世間にはまだ伏せたままだ。しかし、ずっと秘密にしておくわけじゃない。

高校時代のボツ原稿を下敷きに描いた一作目のマンガ『ｓｐａｒｋｌｅ』をネット上ですでに発表しているのも含め、Ｗｅｂマンガ雑誌に初掲載のマンガが出るタイミングで『原作と作画の二人組』だと明かすつもりだ。

その一路の意向を、慎太郎が行深にかみ砕いて解説してくれる。

「作品を読んでもらう上で、マンガ家・帆風一路が原作に回ったっていう余計な先入観を、読者に最初に抱かせたくないってことなんだろ？　マンガに直接関係のないイメージで作品の色を変えたくない……つまり、少しでも『いくら』ちゃんの邪魔をしたくないんじゃないかな？」

慎太郎がすり減ったペン先を替えながら、行深に笑いかけた。

「先入観……邪魔だなんて」

作品にどれほど影響するものなのか、行深には想像できない。

「一路はただまっさらな目で、いくらちゃんを見てほしいんだよきっと。愛されてんなぁ」

意味深ににっと笑う慎太郎に、彼に愛されてるかんじはしないけどな……と、行深は内心で思いながら曖昧に笑って、タブレット端末に向かった。

——愛っていうのは……恋愛じゃなくて、親愛ってやつかな。

大切に護ってくれているが、一部で『恋人では』と囁《ささや》かれているようなことはいっさいない。

——ハグとキスはしてくれるけど。あれってラブじゃないもんな。

ごほうびをちょうだいと行深が言わなければ、そもそもなかったはずのものだ。

「そういえば、いくらちゃんが『一路の彼女では』って噂話が先行してるのウケルよな」

「なんでそんな噂になっちゃったのか……」

「最初の『真夜中のメリーゴーランド』のイメージが強いのかもな。かわいくてファンタジックで、ちょっとあれボーイズラブっぽかったのもあるし」

「ボーイズラブ……？」

ぽかんとしてしまい、慎太郎は「あっ、ＢＬ知らないのか」と驚いて、彼が行深のタブレット端末で探し出して見せてくれた。

「これはＤＫでかわいい系。これはちょっとオラオラってんな。ボーイズラブはボーイミーツボーイなお話だよ。わりとえっちぃのが多い。これとかほら、えっろー」

思わずじーっと見入ってしまう。

「いくらちゃん、こういうの好きそう？」

「読んだことない」

「買ってあげようか、お兄さんが。電子書籍は手軽だけど紙のほうが修正薄めで……」

「修正？」

「ちんちんの」

「ちっ……」

ふたりできゃっきゃしていたら、一路がノイズキャンセラーのヘッドホンを首に引っかけた格好で「楽しそうだな、おい」と本棚の端から土色の顔を覗かせている。目の大きさがいつもの半分くらいだ。

「い、一路くん、顔色がたいへん」

「土器が焼けそうな泥色だな。寝てなさすぎじゃないの？　ちょっと仮眠取れよ」

一路はふらふらと歩いてきて、行深の背後のソファーベッドに寝転んだ。

今日はバイトも休んで、ずっと原稿漬けの一日だ。

「……ちょっと寝る。ごめん。慎太郎は仕事上がりで金曜の夜なのにさ。ありがとまじで」

「たまには頭を使うことなく無心でこういう作業したくなるんだよ。それに一緒に修羅場ってるとなりのいくらちゃんがかわいいし。なんか飴ちゃんあげたくなるな」

行深がいつも寝るときに使う掛け布団を慌てて持ってきたら、慎太郎が一路にスリーパーホールドをかけられて「なんだよっ、かわいいも言っちゃだめなのかよ」と笑っている。

「そうやって余計な体力を消耗すんなって。寝ろ」

慎太郎に押し倒された一路に、行深が布団をかけてやった。

こんなことを思うのはとても不謹慎なので本人には言えないが、少し疲れているくらいのときの一路は、いつもの温和でやさしい普段の彼とちがい、そのやさぐれ感が色っぽくてかっこよく見えてしまう。有《あ》り体《てい》に言えば、えっちそうなかんじがするのだ。

——一路くんにはぜったい言えない。疲れてるのに邪《よこしま》なこと考えててごめんなさい。

思わずどきどきしながら一路の眉間の皺を見ていると、彼がまぶたを上げて目が合った。

また一段と行深の心臓は騒がしくなる。視線が逸らせない。

行深が頭の中で何を考えているか露ほども知らないはずの一路が、じっと行深を見つめてくる。だから行深が「何?」と目で問うと、少し無愛想な顔つきの一路に首根っこをぐっと摑まれた。そのまま、あっという間に引き寄せられる。

「——っ……」

両手で頭と顔を摑むようにして、くちづけられた。動きは乱暴なのに、軽くふれるだけのやさしいキスだ。ごほうびを貰えるタイミングじゃないから、不意打ちすぎる。

されたことに驚きつつ慌てて慎太郎のほうを振り返ると、タブレット端末の作業画面に全集中してくれていたため、こちらのことには気づいていない。

ほっと息をついて再び一路のほうへ顔を戻すと、彼はやわらかに口元に笑みを浮かべて、目を閉じた。

慎太郎が一路の原稿を手伝ってくれたおかげもあり、前倒しで連載分の修羅場を乗り越えた。ほっとする間もなく、今度は五月末のWebマンガ雑誌掲載に向けて『うにいくら』の原稿が佳境だ。こちらは背景や効果、仕上げの作業にも一路が加わる。

一路が「休憩しよう」とミルクティーを淹《い》れてくれて、つかの間の休息タイムだ。

ソファーを背に、ふたりとも「ふわぁ……」と天井を向いて息をついた。

「作画は僕が担当してるっていっても、それだって半分は一路くんがやってるよね」

「いやいや、下描きとペン入れが肝心要なんだし、重要な背景はぜんぶ行深がやってんだ。俺は作画面ではあくまでもフォローしてるだけ」

マンガ家はネームから仕上げまで基本的にはぜんぶひとりでやっているのだろうから、ページ数、抱えている本数が多ければ、アシスタントもいないととんでもないことになる。いつもみたいに端から見るだけじゃなく、当事者になってやってみて行深もそれを痛感した。

「週刊のマンガ雑誌で何年も連載を続けてるマンガ家は、なんていうかもう、別格だよな」

「これを毎週？　しかも締め切り日に提出したら……また次のネームやって、下描きペン入れ……エンドレス。でもそれを仕事にできるってこと？　ずっと描いてていいってこと？」

好きなことを仕事にしないほうがいいとか、趣味で終わるくらいがしあわせだとか、いろんな考えがあるだろう。でも行深は、好きなことを仕事にして、ずっと描いていていいなんて、最高だと思うのだ。

「描く苦しみも、歓びも、どっちもあるだろうけどな。なんだかんだ言っても結局は、マンガが好きだから描くんだろうし。俺だって本当はマンガ一本で食えるようになりたいよ」

一路は風太をよいしょとだっこして、そのおなかにわふわふと顔を埋めている。風太はちょっと迷惑そうだ。行深はそんなふたりを見て笑った。

「風太を食わせてやんなきゃだしな。ほんとは保護猫活動にも行きたいんだよなー」

「保護猫活動って？　何をするの？」

「捨て猫とか、風太みたいに多頭飼育崩壊したところから保護した猫を集めて、避妊・去勢手術を受けさせて、人に慣れさせて里親を探すってのが主な活動かな。風太とはそこで出会ったからさ。ステーションを運営してるのってボランティアなのよ。その部屋を掃除してあげたり、爪《つめ》を切ってあげたりとか、いろいろやることがあんの」

一路はきっと風太みたいな猫を見ると放っておけないのだろう。

——僕も、一路くんに拾ってもらったみたいなものだもんね。

「一路くん、僕もがんばるよ。だから僕と一緒にがんばろう。時間ができたら、保護猫活動にも行ける」

恩返しというとおこがましい気もするが、せめて助けてもらった分くらいは、しあわせを一路に返したい。風太みたいにもふもふボディで彼を癒やすことはできないから、自分が彼にできるすべてで、と思うのだ。

「頼もしい〜」

一路が寄りかかっていたソファーから身を起こし、「ハグしよ」と行深を呼ぶ。

抱きしめられ、よしよしと頭をなでられながら、行深も一路の背中に手を回した。

ごほうびでもなんでもないハグが増えた。これは互いを激励するためのハグだろうか。

——でもこのハグも、僕がほんとに欲しいのとちょっとちがう気がする……。

行深が本当に心の底から欲しいもの。

——こういうハグもうれしいけど、これなら一路くんは慎太郎さんともやってそうだから。

わがままな気分がむくむくと膨れ、納得できない現状に対してもやもやとしていたら、一路のスマホが鳴った。

担当編集の白井から『うにいくら』への電話だ。ふたり揃《そろ》った状態なので、そのままスピーカーで話すことになった。

『編集部に問い合わせがあって……うにいくらさんがネットで公開しているマンガ「ｓｐａｒｋｌｅ」、これがパクリじゃないかって。Ｔｗｉｔｔｅｒでもその噂が拡散してます。でも検証も何もなくてただの憶測なので……』

行深のとなりで一路が「あー……」と苦い顔をする。

「その元ネタは、俺が高校生のときに描いた持ち込み原稿なんですよね。だから『うにいくら』が描いてもパクリにはならないんですが……一時期『ボツでした～』ってブログに上げてたことがあったんで、それを覚えてる人がいたのかな……」

白井も『それなら問題ないんじゃないですか？』と言ってくれているが、一路は「誤解を招いてしまったな……」と肩を落としている。

「『うにいくら』に俺のイメージを先につけたくなかったから、あとから言えばいいだろうって少し気楽に考えてました……」

これは一路が最初から拘《こだわ》っていた部分だ。

『最初にパクリ発言した発見者に悪意はなくても、拡散されればいろいろと言われるので』

「ＢＡＮＧ　ＢＯＭＢ編集部はその件とは直接関わりがないのに、ご迷惑をおかけしてすみません」

世間にはまだ二人組だと公表していない。その点は編集部とも話し合い、『Ｗｅｂバンボン！』にデビュー作が載るタイミングで『うにいくら＝原作・帆風一路、作画・いくら』だと、公式で発表するつもりだったのだ。

こうなった以上は一刻も早く事実を公表したほうがいい、との白井の助言のとおり、その日のうちに『うにいくら』は二人組だということ、『ｓｐａｒｋｌｅ』の元ネタについても説明することになった。

「『パクリ』ってのは誤解だって、とりあえず俺のほうから説明する。行深も気になるだろうけど、今は何よりその原稿が大切だから進めててほしい」

「……うん、分かった」

信頼しあっているから、それぞれに今やるべきことを——行深もそんな気持ちだ。

一路は原稿の作業を一旦中断し、炎上しかかっている状況を収めるべく仕事部屋へ戻った。


それぞれのTwitterで騒動についての説明とお知らせをした直後は、情報サイトなどにもリンクされ、「なーんだ、二人組か」「なんかちょっとがっかり」「話を考えてるほうが絵ヘタで知られてるマンガ家」「十年前に持ち込みしたボツ原稿の焼き回しというオチ」と嘲笑《ちょうしょう》も混じったネガティブな意見が目についた。

そこから時間が経《た》つにつれ「ストーリーがよくて絵がうまいならいいじゃん。応援する」「やっぱ絵は重要ってことだわ」「1+1が10になるかんじ」と好意的な反応が増え、最終的には「今度Web雑誌に載るデビュー作は完全新作だよね。楽しみ」と期待を込めたコメントが大半を占めた。

——とりあえず、問題が大きくならなくてよかった……。

事態の収束にほっと胸をなでおろす。中には「いくらちゃん、帆風一路の彼女じゃなかったんか」「待って。彼氏の可能性」とナナメな会話も飛び交っていたが、すぐに真相を明らかにしたことで翌日には騒動は落ち着いた。

――僕はただマンガが描きたい。一路くんが褒めてくれるようなマンガ。一路くんのために。『うにいくら』の描き下ろし一作目は、無料で誰でも読める『Webバンボン!』で、いよいよ明日、深夜零時《れい》過ぎに配信が開始される。一作目も配信前だが、次の配信作品の下描きを始めたところだ。あまり間を置かずに配信される予定なので、休んでいる暇はない。

一路がバイトへ行っている時間もひたすら描く。仕事のほかに、タブレット端末を持ったときから練習の一環として毎日続けている絵日記もサボらない。さらに余裕があるときは、絵を描くスキルアップのために勉強したり、自分の血肉になるような本を読む。

とにかく彼の理想どおりに、マンガを描きたい。といっても、一路の脳内を覗けるわけじゃないから、帆風一路の過去の同人誌や商業化されていないマンガまですべて頭にインプットし、本棚にある膨大な資料と彼が好きな本も読み込む。そうやって土壌を豊かにしておくと、一路が表現したいものが手に取るように分かった。

一路が書いたラフ・ネームを読みといて、足りない部分は話し合い、さらに想像を膨らませて、それを絵に落とし込んでいく。

――一路くんが描きたいものを、僕が描く。それが楽しい。一路くんが褒めてくれるとうれしい。喜んでくれるとうれしい。

いっそ彼と自分の身体が混ざり合って一個になれたらいいのにと、究極の親和欲求のような想いを抱いてしまうほどだ。

行深はペンを持つ手をとめ、息をついた。集中して線を引いている間は、呼吸することを忘れているときがある。急に動いたために驚いた風太が行深の足もとからするりと抜けだし、何度か背伸びをしながらリビングを出て行く。

時計を見ると深夜一時をすぎている。いつもは一路がバイトから帰宅している時間だ。

行深はソファーにごろんと寝転んだ。描いている途中から、頭の中では一路のことばかり考えていた。ストーリーを創っているのは一路だし、行深がペン入れや背景を描いているときは案外そのマンガ以外のことを考えている。

——……マンガ以外って、つまり一路くんのことなんだけど。

とくに、彼がボーイズバーのバイトへ行っている間は、目の前のマンガに対する集中力が半分くらいになっている気がする。

——一路くん、だいじょうぶかな……何してんだろ……。

ボーイズバーのバイトで彼が何をしているかは、実際に見たこともあるし、知っている。ゲイを相手にウリをするボーイズバーなのに、一路はウリをしていない。でも、キスやハグやデートくらいはする、と話していた。

今日はいつもより三十分ほど帰りが遅い。

——もしかするとアフターデート？　僕が知らない誰かと？　キスしたり？

ちらりと見た時計はかちこちと秒針を進め、行深の焦燥を煽る。

一路の帰りがこんなに遅いのははじめてだ。

ぎゅっとまぶたを閉じる。一瞬で真っ黒の重たい煙が行深の前に広がった。煤《すす》で肺胞のひとつひとつまで満遍なく汚されるような息苦しい気持ちになる。音の鳴るおもちゃが一斉《いっせい》に頭の中でがちゃがちゃと騒ぎ出して、そんな不快な雑音で埋め尽くされる。

——……僕は一路くんのためにマンガを描いてるのに？

自分が居候している立場であることを忘れて、勝手な妄想で腹を立ててしまいそうだ。

一路は遊んでいるわけじゃない。彼自身がマンガ家でいるために、風太と、さらに行き場のなかった行深の面倒を見るために、夜のバイトをやめられない。

——分かってるけど。分かってるけど、でも、いやなんだ。

一路が自分以外の誰かにやさしくほほえみかけるのですら、想像もしたくない。

もし、自分みたいにずうずうしい男が一路に甘えたら、やさしい彼はそれを受け入れたりしないだろうか。抱きしめたり、なでたり、それ以上のことも。

——いやだ！　いやだ、いやだ、いやだ。

客だろうがなんだろうが、それが仕事だろうと、もはや関係ない。

世話になっていながら、あまりにもわがままな自分に行深はソファーの上で悶《もだ》えた。

——……泣きそう。

だって、自分が一路にしてもらっている行為は、ごほうびのキスとハグと、日常の買い物デート。ボーイズバーの客となんら変わりはないのだ。

——一路くんが他の人とはしないこと……僕とセックスしてほしい。

他の人とはちがうんだと言ってほしい。他の人とはちがう特別なことをしてほしい。

——そうじゃないな……。他の人とはしないで。ぜんぶ、僕だけにして。

でもこの欲望を一路へ向けられない。行深は疼《うず》いて仕方のない下肢に手をのばした。布地越しに包み込むだけではどうにもならず、ゆるいスウェットのウエストから手をさし込む。

充血して膨らんだペニスを握っただけで、くちびるから熱い吐息がこぼれた。

一路が教えてくれたように、括《くび》れの部分をこする。一路の手でかわいがられるのを想像して、行深はソファーの上で身を捩《よじ》った。

「……っ、……はぁっ……」

奥歯を噛んでも、ひくひくと喉の奥から引きつれた声が漏れる。

もうすぐ一路が帰宅するかもしれないのに。いくら「リビングに入る前にノックする」という約束があっても、この状況を見られたら何をしているかバレてしまう。でもこうなってしまうと、即座にやめられるものでもない。

いつもは見ないようにしている、パンドラの箱を開けてしまった。

一路がしてくれたあのたった一回を思い浮かべて、耳元で囁かれた言葉を再生すると彼の吐息まで感じるような錯覚が起きる。

「……んんっ……ふぅっ、んっ……」

腰を揺らして行為に耽《ふけ》った。自慰に夢中になる間、あのときのしあわせな心地に全身が包まれる。頭の中までとろけるようだ。

夢の時間は短い。最後はただ自分の手を汚して終わる。パンドラみたいに『希望』とか何かいいものがそこに残っているわけもなく、行深の手のひらにあるのは、やり場のない欲望の残骸《ざんがい》だけ。妄想力がたくましく、記憶力がありすぎるおかげでいっときその世界に浸れるが、吐精したあとはどうしようもなく寂しい気持ちになるのがきらいだ。

——僕のこれは……何……。

しあわせで楽しいときは、自分のこの想いがなんなのか考えなかった。ただ、一路と笑っていられたらそれでいい。、ごほうびのキスとハグで心の小さな罅《ひび》まで埋められれば、満たされた心地になる。

そんなふうにやさしくされて、行深もやさしい気持ちでいっぱいになって、ふわふわとした甘い生活の中にいたから気づかなかった。

自分の中に重くて醜くてどす黒い感情があること。一路を他の人や誰かに奪われたくなくて、独り占めしたいというこのわがままな想いがまさか恋だなんて、知りたくなかった。

恋をしていると、一路が知ったらどうするだろうか。

『恋愛が絡《から》むと薄情』――一路が行深に対して恋愛感情を抱いていないから親切にしてくれている。それと同じように、彼は、行深もそうだと思っているから、傍に置いてくれている。

行き場がなかった行深のために。そして今はただマンガを描く仲間として。

恋をしていると知られてしまったら、さよならなのだろうか。

――好きだから一路くんと一緒にいたい。さよならの想像すらしたくない。

ただ一緒に楽しくマンガを描けたらそれでいいと一路が思っているなら、この想いは伝えられない。

伝えられない苦しさより、傍にいられなくなるほうが、行深にはたえられないことだった。

8.

「こんばんは。帆風一路センセイ、ですよね」

ボーイズバーを出て、自転車を押しながら進み始めて間もなく、一路は背後から声をかけられ歩みをとめた。

時刻は午前零時半近く。行深がきっと起きて待っているから、早く帰ってやりたいのに。

明るい口調で一路に声をかけたのは、ひょろっとした体型の黒縁メガネの男だ。特段、怪しいかんじはなく、ブルゾンにジーパンというカジュアルな服装にリュックを肩から引っかけている。

「すみません、お仕事が終わられたばかりなのに。私、こういう者です」

礼儀正しく名刺を差し出されるが、一路は不審な気持ちでそれを受け取った。

「あ、会社名では伝わりにくいかと思いますが、主にネットニュースの記事を書いているライターです」

そこで男が例に挙げたのは、ゴシップやネタ系のニュースばかりを扱うサイト名だ。

「……ネットニュースのライターさんって、こういうこともするんですか」

「こういうこと？　あ、『ご本人に突撃取材！』的な？」

「こんな深夜に、張り込んでまで」

なんとなく、他人が書いたニュース記事や、大型掲示板に書き込まれる不確かな情報、闇《やみ》鍋《なべ》みたいなSNSで適当にネタを拾って、そういうニュースサイトに記事を書いているものだと思っていた。

——しかも、俺を？

『うにいくら』のおかげで最近、ネット上に帆風一路の名前の露出が増えたが、ピンならそこまで有名じゃないマンガ家だ。テレビやYouTubeに出たりもしないし、知らない人のほうが圧倒的に多い。

「まぁ拾いネタがメインですけど、好奇心が疼くようなネタがあると、気まぐれでこうやって自分の足を使って取材もしますよ～。たま～にですけど」

「へぇ……、そうなんだ」

一路が自転車を押して進み始めると、男は勝手についてくる。

自分がいつか、ゲイ相手のボーイズバーでウリをしているキャスト、というふうにおもしろおかしくネタにされる日が来るかもしれない、とは思っていた。

この頃はあまりにも人のプライバシーに踏み込みすぎる記事や、事実と異なることを捏造《ねつぞう》すると逆に叩かれるから、こういう人たちもその辺りについては用心するはずだ。

——いや……とりあえず食いつきよさそうなネタなら、倫理観なんかどうでもいいって、なんでも書くのかな。

どうせ人の口に戸は立てられない。べつにいいけど、と少々捨て鉢な気持ちになる。

「たしかにボーイズバーでバイトしてますけど、それが何か」

「あのですね、事前に周辺を取材したので『イチロー』さんがウリをやってないってのは分かってます。ウリしてるってほうが、さらにおもしろかったんですけども」

男は「そこは残念」と言いたげに笑っている。

では何を嗅《か》ぎ回っているのだろう。そもそも、どうしてここを張り込んでいたのか。

「なんで俺がここにいるって知ってるんですか？」

「スーパーから追いかけてまして」

「スーパー……」

「高田馬場《たかだのばば》の。いつもご利用ですよね。何度かお姿をお見かけしたことがあります。私も地元なんで、そのスーパーは行きつけなんですよ。これはまじでたまたまです。レジの紫色の髪のおばちゃん、お喋《しゃべ》りですよね」

今日も行深と買い物に行った地元のスーパーを挙げられ、一路はいっきに緊張した。

本業がマンガ家だということを周囲にべらべらとふれ回ってはいないが、隠してもいない。

近所の住人や、知り合いの子ども、かかりつけの病院などの他に、こちらは把握していなくても『帆風一路』の顔と名前が一致している人はいるのだ。

——その辺から面割れするのは想定内。問題は、そこに悪意があるかどうかなんだよな。

Webマンガ雑誌の著者紹介のページと単行本には、マスクをつけた状態で小さな写真を載せている。つまり顔半分しか出していないが、これまでも紐付ける隙はいくらでもあったのだ。アニメ化されるようなマンガ家ではないのでゴシップネタとして扱う価値がなかったのが、少々露出し始めた途端に目をつけられてしまったらしい。

どういうふうに書かれようと、自分のことはいい。これまでは気にもしていなかった。

「……で、一路センセイがゲイだった……とかそういう話は、私自身はさして興味はなくて。それより、同居なさってる男性、今日も一緒にスーパーで買い物されてたあの方って、乳児の頃に誘拐されて、その誘拐犯に二十年も育てられてたっていう……。あれ、ひどい事件でしたよね。子どもへの狂った執着心で、人ひとりの人生をむちゃくちゃにしてるんだから」

一路は自転車のブレーキをぐっと握り締め、歩みをとめた。

「ニュースになったのは半年、いや、もうちょっと前か。へ～かわいい子だなって思って見てたんで、なんとなく記憶に残ってて。ほら、あれだけかわいいから、いろいろ言われてたでしょ。誘拐犯から性的虐待されてたんじゃないかとか」

一路はそのときはじめて、男の顔をきつく睨《にら》んだ。

「適当にゲスいこと言いすぎじゃないですかね」

胸くそ悪いが、こちらの平常心を揺さぶるのが目的で煽っているのだ。怒りで我を失えば自分だけが損をする。

　相手も動じない。スマホを片手に余裕のそぶりで操作している。そして、そのスマホの画面をこちらへ向けた。はじめて『天野行深《あまの》』を検索したときに、一路も見た画像だ。

「ネットの怖いところ。ちょっと掘れば、顔写真なんてすぐに出てくるんで」

「人権侵害だって抗議が寄せられて以降は、報道そのものを控えてるって聞いてます」

「まともなところは、そうですよね」

　プライドくらいないのか、と詰《なじ》ろうかと思ったが、自分も世間からはそう言われていることが一瞬頭をよぎった。現状に関係ないのに、案外自分は傷ついていたらしい。

「で、もしかしてなんですけど、今話題の『うにいくら』？　あれ、帆風一路センセイが原作で二人組なんですよね？　あの『いくら』がつまり、天野行深さんなんじゃないかなーと……これはお二人を見た上での、私の推察です」

　彼女ではないかと噂が立っていたくらいだ。こうなれば、『いくら』が帆風一路の傍にいると推測されるのも、なんら不思議ではない。

「……で？　その推理ごっこを聞かされた俺は、おたくの会社に直接抗議すればいいの？　それとも被害者団体と都の担当者に報告すればいいのかな。『人ひとりの人生をむちゃくちゃにした犯罪者』って言ってるアンタが、その自己中な誘拐犯と同罪なことをするんだな」

「同罪って……」

男はそんな重罪とこの程度の取材を一緒にするなと言いたげに、薄笑いを浮かべている。

「やっと手に入れた平穏なんだ。アンタにとっては『この程度』ってもんかもしれないけど、報道の自由とかいう身勝手な正義でもってそれを引っかき回して、『おもしろいネタ見つけた』ってみんなで楽しむわけだろ？　俺からするとアンタも誘拐犯も同じ穴の狢《むじな》だけどな」

言い返す言葉がないのか、男は無言だ。

「この辺りはゲイタウンっていうよりクローズドだから……冷やかしのノンケは気をつけたほうがいいですよ」

こちらへ向かって夜道を歩いてくる大柄な二人組の男のほうへ目を遣《や》って声を張ると、ライターの男は顔を引きつらせている。

一路は自転車にひょいと跨がり、大きく漕ぎ出した。


一路は行深の前で、ママを『誘拐犯』と呼んだことはない。

しかし、さっきのライターの男へ向けて、行深のママのことも含めて犯罪者呼ばわりした。

一路から見れば彼女は紛《まが》うことなき誘拐犯だ。自制の利かないエゴと異様な執着心で行深の二十年を自分の意のままにしてきた女に、同情の気持ちを寄せる気はない。乳児の命を助けたヒーロー扱いもしない。

行深を捨てた実の母親のことも庇《かば》うつもりはないが、『赤ちゃんポスト』に我が子を置いたあと自責の念に駆られ、取り戻しに来ることは多いと、読みあさった記事に書かれてあった。そうでなくてもしかるべきところに保護されていれば、行深は普通の二十歳《はたち》の男性として生きられたかもしれない。青春も、初恋も、友だちとのケンカも、誘拐犯はそういう機会をすべて奪ったのだから、まるで救世主のように持て囃《はや》されるのはまちがっている。

――でも、行深はそう思っていない。だって行深にとってママはママだ。行深の中の大切なものを否定する権利は誰にもない。もちろん俺にも。

行深がいないところで、ママの悪口を言ってしまったような最悪の気分だ。

もしあのライターが記事を書いてリークしても、しなくても、人前に出る仕事を選べばいつかはどこからか情報は漏れる。スマホカメラもそこらじゅうにあるのだから、名刺を出すような所在の明らかなライターのほうが、まだマシかもしれない。

ネットの情報は瞬《また》く間に拡散する。その爆発的な拡散力のおかげで『うにいくら』のマンガが世に出るわけだし、「これは広まってほしいけど、これはいやだ」は通用しない。

だからできうる限り傷つけないように、あらゆるものから行深を護る。スマホやパソコンの小さな画面で知ることがすべてに思えて、世界中に嗤われているように感じるかもしれないが、そんなものは針穴から覗いて見えているだけであとは自分が創り出す虚像だ。だから本当に目の前にいる人たちを、好きだと言ってくれる人の言葉をちゃんと聞いてほしい。行深にはそう伝えればいい。

――今日はバイトんときもマネージャーからイヤミ言われたしな。最悪。まじ最悪。

最近、客へのサービスのキスもハグもどんどんいやになっている。キスとハグがいやというより、その口や手で行深にふれたくないからだ。帰り際に、そんなボーイズバーのキャストとしての怠慢をマネージャーに指摘され、「最後にゲイビに出て一発稼《かせ》ぐか？」と訊かれた。遠回しだが、「できないなら辞めろ」と同義だ。

いらいらしすぎてスピードスターみたいに自転車のペダルを漕いでしまい、一路はぐっとブレーキを摑んで自転車をとめ、ハンドルにうなだれた。

「……事故るぞ、落ち着け」

大きく深呼吸を三回してサドルから下り、とぼとぼと自転車を押して進む。

――行深としたら楽しそうなことを考えよう。

ばたばた過ごすうちに、桜の季節も、ゴールデンウィークも終わってしまった。

そのうち原稿のペースが摑めるだろうから、余裕を持ってスケジュールを組んで、夏が来たら、プールと海には連れて行ってあげたい。慎太郎も誘ってキャンプもいい。

二十年の間に、普通だったら経験しているはずのこと。行深には他にもたくさんあるはずだ。風太がいるからあんまり旅行はしないが、修学旅行と称して、関西や九州に行深を連れて行くのもいいだろう。日帰りで社会科見学もいいかもしれない。

バレンタインとホワイトデーの頃もばたばただったため、間に合わせみたいになってしまったから、来年は手作りのチョコやクッキーを作ってあげたい。

――今は女の子と出会いにくい環境だけど……いつか行深は女の子に恋をしたりするのかな……。チョコを貰ったりなんかして……？

行深とこれからしたい楽しいことをたくさん思い浮かべて、少し機嫌が良くなっていたのに、途端に胸がしんとなった。思考停止で、足もとまる。

――おもしろくない。ぜんぜんおもしろくない。

憤懣《ふんまん》をため息にして吐き出した。

それらしい人など行深の周りにひとりもいないのだから、空気人形に当たるような手応えのなさだ。

――慎太郎が行深のこと「かわいい」って言うのももやっとするくらい、心狭すぎなのに。女の子に手ぇ出されるとか……はあ～？　まじいやだ。考えるのもむり。はい、終了。

しかし行深が選ぶ自由を、邪魔する権利は自分にもない。それをとめることは、行深のママがしたこととなんら変わりないと思うからだ。

ボーイズバーのバイトから帰宅したら、リビングの電気がついているのを目で確認して浴室へ。手を洗い、夏はシャワー、冬は入浴する。独り暮らしの頃からそうだったけれど、そうしてからじゃないと、行深の前に立ちたくないのだ。

リビングの扉をノックして「開けるよ」と声をかけ、二呼吸ほど待って中を覗く。「行深、ただいま」と声をかけると、行深がソファーの上からこちらを振り返った。

「おかえり……」

行深の声と表情にいつもの笑顔がない。

一路は眠いのかなと思いながら行深のもとへ行き、傍に腰を下ろした。

「……眠いの？」

「……一路くんがいつもより遅いから」

拗《す》ねたような顔つきで、行深がもぞもぞとソファーの座面に貼りついている。

「あ……そうだな。ちょっと、帰りにいろいろあって。ＬＩＮＥすればよかったな」

「……………………」

行深の髪をなでてやると、いやがるそぶりでいっそうあっちを向かれてしまった。

「……キスして帰るから遅くなる、とか報告するんだったらいらない」

「……え？　えっ？」

一路は目を瞬かせた。なんだか盛大に誤解されている気がする。でも「ネットニュースのライターと闘ってきた」とは言えない。

「……キスなんてしてないよ」

するとう行深がようやくこちらへ振り向いた。

「ハグとか。アフターデートとか」

一路が「だからしてないって」と笑うと、一瞬で行深がほっとしたような顔になる。でもすぐに自分のかんちがいが恥ずかしくなったのか、ばつの悪そうな表情で、もぞもぞと身を起こした。

さっきのほっとした表情が目に焼きついている。

ひとつ呼吸すると胸がすっとして、なんだか決意できた。

「……俺……辞めよっかな、ボーイズバーのバイト」

行深は眉を寄せ、無言でただじっと一路を見つめてくる。

「キャストとして限界を感じております。前は……そんなことなかったのにな。ああいう店で働くことを誇ってもいなかったけど、『割り切って』っていうより、『俺にとって都合いいし～』ってくらいに、軽く考えてたんだけどさ……」

すると行深が髪をよしよしとなでてくれたので、一路は笑った。

「俺……、お客さんとキスとかハグとか、したくないんだ」

汚れた手で行深にふれたくないだけかと自分で思っていたけれど、口に出したらしっくりきた。何より、自分がそういうサービスありきの仕事をしたくなくなったのだ。

——もう……行深以外とは、したくない。

自分の中にいつからか、そういう気持ちがあった。キスもハグも、行深におねだりされると「かわいい」と思う。相手をかわいいと感じるとき、自然とその存在にふれたくなる。手で、くちびるで、やさしくふれて、そんな想いが伝わるようにとそこに自分の心を込《こ》める。

——慎太郎が行深のことを「かわいい」って言うのも腹立つくらい。かわいいっていうのは俺だけが行深に向けていい感情だって、見境なく思ってるからだ。

それから、自分の腕の中に閉じ込めるように抱いて、一晩中でもなでていたい。

——今まで、俺の中にそんな人がいなかった。

だから仕事でサービスのキスやハグをするのもなんとも思ってなくて、簡単だった。でも行深とするキスとハグは特別な意味を持っているから、他の人とはしたくないのだ。

——特別な意味。だから、つまり、俺が行深を……好きだ……ってこと。

客相手の仕事とは割り切れなくなってしまって、崖《がけ》っぷちに追い込まれたところで行深への想いを確信する。好きだと胸でつぶやくと、そこが切なく軋むくらいだ。

——……こんなに好きだけど。

その想いをそのまま行深にぶつけるにはためらいが大きすぎて、だって好きなんだからいいじゃんとはどうしても思えない。

——まっさらな行深の心に、先に俺の答えを植えつけたくない。

ようやく始まった彼の新しい人生の足しにもならないような自分の恋なんてさしおいて、今はあらゆるものから行深を護りたい。

一路は行深を見つめた。とにかく行深のために生きたいという気持ちしかない。

「……でも、どうしよ。マンガだけじゃ食えないし、昼間はマンガ描きたいし、やっぱ夜の仕事で、普通の飲食店？　居酒屋とか、探すかな……」

「マンガで、僕も『うにいくら』の仕事で、食べていけるようにがんばる」

マンガ家という仕事に対して一途《いちず》で前向きな行深の発言に、一路は目を大きくした。

「そっか。そうだよな。そっちで成功するんだっていう気概がないとな。俺の『食ってけないからバイトを探さなきゃ』っていう最初の発想がもう、うしろ向きっていうか」

「ううん……僕も、自分が無謀なこと言ってるのは分かってるよ。でもまだ『うにいくら』は始まったばっかりで、どうなるか分かんないし、夢を見るなら今のうちかなって」

夢を見るなら今のうち。

行深らしい言葉に彼の膝に突っ伏して肩を震わせて笑い、一路は顔を上げた。

「前向き、ポジティブ、いいね」

「自由なんだから、好きなように、好きなことをしていいんだよって、ママが言ってた。立ちどまっている限り何も始まらないから、僕はとにかく進みたい」

行深の笑顔と言葉に、背中を押される。あたたかい気持ちにさせられる。

行深を羽ばたかせようとしているのは、二十年の間に彼の中に積もっていたやさしさや愛情なのだろう。一路は心のどこかでそれを心底からは理解できない歪《いびつ》なものとして見ていたけれど、今こうして、行深の存在と言葉に救われた自分がいる。

行深が普通の人生を歩んでいたらとか、まともな環境で育っていればとか、そんな考えは、勝手な憶測や切り取られた報道だけを見て、余計なことを言っている周囲と何も変わらない。だって、行深はこれでいいのだ。

「一路くんがボーイズバーのバイトを辞めても、僕も小さなイラストの仕事も受けて、ふたりでがんばればなんとかならないかな」

「……それ仕事の依頼が来てる人の発言……え？　来てんの？」

一路が問うと、行深はＴｗｉｔｔｅｒのＤＭの画面を見せてきた。読者からの純粋な感想、ただの宣伝、怪しげなお仕事依頼メール、詐欺メールと、まさに玉石混淆《ぎょくせきこんこう》。その中に、ブルーの認証済みバッジがついているアカウントからのものがある。

「どれが本物の『お仕事ご依頼』なのか僕には見分けられないけど、さすがに公式アカウントからのは本物かなって」

そう言って行深が見せてきたのは、大手飲料メーカーなどのテレビＣＭを手がけている広告代理店の担当者からのＤＭだ。

「清涼飲料水……の、えっ、えっ？　限定ラベル用のイラスト？」

「ペットボトルのラベルだから、これくらい？」

行深が手でマスクくらいのサイズを示して訊いてくる。

一路は「……小さなイラストの仕事って、まさかこれのこと？」と半眼になった。

行深がうなずくのと同時に、一路はわっと飛びつく勢いでハグをする。

自分より小さいけれど、あたたかくて、真ん中に太い幹を持っているような身体《からだ》だ。

ぎゅうっと掻《か》き抱《いだ》くと行深が「一路くん？」と不安げに名前を呼んだ。

「こういうのは『小さい仕事』って言わないんですよ、いくらちゃん……！」

行深を抱きしめて笑う。まるできらきら光る星のようだと思った。


配信開始日の午前零時を過ぎると『うにいくら』のマンガが『Ｗｅｂバンボン！』に初掲載される。

リビングのテーブルにタブレット端末を立て、その前にふたりで並んで座った。

つきあわされている風太は迷惑そうにしているが、声を合わせ、サイト更新の時刻をカウントダウンする。

「――わっ……一路くん、出た！」

声に驚いた風太がぴゅっと腕の中から逃げ出して、ソファーに避難した。

「トップページのローテーションバナーにも。これは注目の更新のやつだけが出るんだ」

新着・読み切り・注目の新人、と派手なアオリがつけられて掲載されている。

掲載されたマンガには応援コメントを送信できるボックスがあり、読者が気軽に感想を書き込んだり情報を共有できたりする仕組みだ。このマンガのページに直接リンクするTwitterカード、フィードなどのシェアボタンから、読者が他者に紹介することもできる。

配信されたものを一緒に読んだ。誰よりもこの作品を読み込んで、見飽きるほど見たマンガだけれど新鮮な気持ちだ。

スマホやタブレットの縦画面では一ページずつ表示されるが、横画面にした場合と、パソコンのような大きなディスプレイではちゃんと見開きでマンガを読むことができる。電子書籍に慣れた世代ばかりじゃなく、『週刊バンボン』時代の愛読者にも楽しんでもらえるよう、紙を捲る感覚を損なわないプラットホームが組まれているのだ。

「……おもしろかった」

行深が茫然《ぼうぜん》とした顔で感想をつぶやいた。

「絵がうますぎ」

となりで一路も褒める。

「おめでとう。マンガ家『うにいくら』爆誕！　あれっ、爆誕はもう古いのかな」

「ばくたん」

「爆発・誕生、『星が生まれた！』みたいなことだよ」

笑いながらお互いをぎゅっとハグする。間近で行深の顔を覗いて、きらきらとした目と目が合ったので、一路の頭に『キス』が過《よ》ぎった。その瞬間、行深のほうから両腕でぐっと肩を押し返される。

――……あれっ……今の、避けられた？

行深は画面を指して「あっ、もうコメントがついてる」と目を瞬かせている。

ふたりで顔を突っ込むようにして、その最初のコメントを読んだ。

『おもしろかった。めちゃくちゃ絵がうまい。新人さん？　そう思えないくらいすごいな。次の描き下ろしも楽しみ』

ふたりともにやけた顔が戻らない。ともに感激の握手を交わして「絶対忘れない、初コメント、『ケンケン2号』さん」と喜びあった。うれしすぎて、興奮もあって、口から出る言葉がたどたどしくなるほどだ。

「次もがんばる」

「おう。がんばろう」

初掲載、初コメントにふたりで沸いている間も、一路の頭の隅には『キス、避けられた？』がぽつんと残った。

その小さな罅《ひび》は、そのあとの忙しさの中でうやむやになっていった。

どんなメッセージも受け取り放題の闇鍋状態だったＴｗｉｔｔｅｒのＤＭは閉じて、『うにいくら』名義で連絡先を設け、現在はそこで仕事を募集している。清涼飲料水の限定ラベルの仕事は、ネットで話題になっている複数人のイラストレーターによる協演というかたちで、行深も一枚担当して描くことになった。

今後も行深が描きたければイラストの仕事を引き受ければいい、とその判断を彼に委ねている。一路は相談にのったり、アドバイスしたり、あくまでもサポートするだけだ。

Ｗｅｂマンガ雑誌のほうは六月第三週に二作目の描き下ろしも配信され、『うにいくら』のマンガはあちこちで話題に上がっている。

Ｔｗｉｔｔｅｒのトレンドに短い時間ながらも出るようになり、『いくら（うにいくら）』のフォロワーは毎秒ごとに増えている。

「燻っていた俺のマンガもついでにちょっと売れている。ありがとう、いくらちゃん」

ごはんを作る余裕がなくて、味海苔《あじのり》を巻いただけの俵《たわら》形のおにぎりを五個くらい食べて、お茶で流し込むことも増えた。いっきに三つできる俵おにぎりの型を使えば、量産できるから便利だ。行深も味海苔巻きおにぎりをむしゃむしゃ食べている。

「えっ、ついでじゃないよ、一路くんが『うにいくら』の原作者だからだよ。一路くん、そんなふうに言っちゃだめだよ。一路くんのファン、いっぱいいるのに」

「最近『隠れキリシタンみたいなファンだったけど、帆風一路推しです』とかカミングアウトっぽく言ってくれる人がちらほらいて……うれしいやら複雑な心境にもなります……」

うっかり「好き」と公言すると「えっ、あの絵がヘタな？」と攻撃・迫害されがちなので、なかなか言い出せずにいたということのようだ。

「一路くん推しの読者のためにも、一路くんのほうの連載もがんばってね」

行深の応援を背に、一路は自分の仕事部屋へ向かう。

自分自身が持っている連載もあるし、『うにいくら』の原作（ネーム&仕上げ込み）も一路の担当なので、ボーイズバーのバイトは五月末で辞めた。

――でも、俺としては『うにいくら』一本で行きたいんだよな。俺が考えた話を、行深に描いてもらいたい。行深の創る世界の中で、生きたい。

自分で描くとうまく表現できずに、ストレスがたまる。連載は当然今の自分のすべてを投じて描ききるつもりでいるが、そのあとは原作に集中したいのだ。

『うにいくら』としては、次は前後編のマンガの掲載が決まっていて、現在はその作業の真っ最中だ。

行深は毎日いきいきとした表情で、タブレット端末に向かっている。

――行深と一緒にマンガを創るのが楽しい。

こんな毎日が続きますようにと願いながら、一路は自分の作業机の前に座った。

ときどき、ネットニュースサイトをチェックする。あの突撃してきたライターは、行深や

『うにいくら』について、まだ記事を書いていないようだ。しかし今後『うにいくら』の名前が売れれば、おもしろいネタとして投下されるのかもしれない。

あのライターでなくても、何かで行深の顔や本名が露出したとき、『誘拐犯に二十年間育てられていたあの青年』と誰かが気づくだろう。そうなれば、拡散されていく情報をとめる術《すべ》はない。

――だいじょうぶ。もしそんなことになっても、俺が行深を護ろう。

行深のすべてを護りたい。『うにいくら』のためでもあるけれど、その前に、ただ、楽しそうに絵を描いている平穏が、この先も行深を包んでくれたらいい。

行深を護るのは自分だけだと思っていた。


七月に入り、行深が、はじめてマンガ雑誌の綴《と》じ込みポスターのイラストを描き下ろすことになった。一路は仕事をしたことがない出版社が発行・編集している雑誌だ。

グラフィックソフトを使って絵を描くようになって半年ほど経ち、カラーイラストのスキルももう一路はまったく追いつかない。

「構図はこれで、どうかなぁ」

行深に呼ばれて、一路は振り向いた。現在は一路の仕事部屋で、背中合わせに互いの作業机を置き、行深もパソコンと液晶タブレットを設置している。行深は相変わらずマンガをタブレット端末で最後まで描ききるということをしていて、パソコン＋液タブは大きなサイズで描かなければならないイラストの仕事用だ。

行深は周囲の評価が神レベルになっても、いまだに一路にイラストの出来について確認してくる。

「どうかなも何も、俺には思いつかないような、描けそうにない構図です……っていうイラストだ。行深はもう神の視点から描いてるからさぁ」

いわゆる写真で撮れる構図ではなく、想像でしか見いだせない地面からの構図や、歪みのあるパースで表現しても、行深が描くとドラマティックなイラストになってしまう。

「でも、ストーリーの解釈とか、指定されていることの意味を一路くんとたくさん話して、それでようやく頭に思い浮かべたものを描いてるんだよ。僕ひとりだったら、こういう構図だって思いつかない」

「それにしても、半年前まで、見て描くのじゃないと無理って言ってたのにな」

「最近、見たのと想像したのと組み合わせるのが楽しい」

いろんなものを見て、行深はそれをどんどん吸収していくようだ。

だからなるべく外に連れ出し、いろんなものを一緒に見ている。

たとえば美術館や博物館。そういう立派なものでなくても、高い建物に位置するカフェに入り、眼下のスクランブル交差点を眺めたり。シネコンや単館映画、演劇を観たりもした。特別に行くところがない日でも、ふたりで家の近所を散歩する。座業だから運動を兼ねて、という意味もあってのことだ。

行深と一緒に美容室に行ったり、互いに服を見立てたり、そしていつものように食材の買い物をして一緒に修羅場メシを作る。

何も変わっていないようで、行深は少しずつ変わってきた。いろんなことをひとりでもできるようになった。

ひとりで電車に乗って書店へ行き、資料になりそうな本を見つけてきて、「おいしそうだった」と流行りのスイーツをお土産に買ってきてくれたりもする。

――顔つきもちょっと変わった？

かわいいのは変わらないけれど、不安げな表情をすることが減り、眸が力強くて、表情も振る舞いも自信に充《み》ちているように映る。

そんなことを考えながらじっと見つめてしまうと、行深がぱちぱちと瞬いた。

「……何？」

「……うん、いい顔してんなって思って。行深が楽しいのが伝わって、俺もうれしい」

「僕は何も変わってないと思うけど……あいかわらず、いろんなことを知らないし。そんなふうに見えるなら、それは一路くんのおかげだし、一路くんがいるからだよ」

にこりとはにかんで、行深は自分の作業机のほうへ戻った。

行深はいまだに「一路くんのおかげ、一路くんがいるから」と言ってくれるが、本当はもっと多くのことをひとりでできるはずだ。

――行深は、ネットでいろいろ言われたりするのを、きっと気にしてるんだろうな。「僕はそうは思ってないよ」って気持ちを、折にふれて俺に伝えようとしてくれる。

『うにいくら』の名前が大きくなってくると、褒めてくれるファンばかりじゃなく、アンチの言葉もSNSで目にするようになった。それはたいてい「いくらは才能を利用されてる」とか「いくらひとりでやればいいのに」「絵ウマにぶら下がってる絵ヘタ」など、『帆風一路がいくらの才能を利用して囲い込んでいる』という内容のものだ。

一路からすればそういう誹謗《ひぼう》中傷は想定内とはいえ、傷つけられることに慣れているわけでも、無痛なわけでもない。そうやって胸を抉《えぐ》られても、行深のことを思い浮かべて薄目でやり過ごす。

しかしそれを見た行深は、「なんでこんなひどいことを、何も知らない人に勝手に言われなきゃいけないの」と珍しく怒り、あやうく反論を書き込みそうになっていた。ネットリテラシーについて行深に教えていたつもりだったけれど、一瞬頭に血が上ったようだった。

――行深が怒ってんの見たの、はじめてだったなぁ……。

有名税とか「プロならば」を免罪符に投げられた礫《つぶて》まですべて受けとめる必要はなく、ときには受け流さないといけないことだってあるのだ。

涙目の行深をなんとか宥《なだ》めて事なきを得たが、一路があのとき傍にいなかったら最悪の場合はSNS上での言葉の応酬になり、炎上していたかもしれない。

そういう世間の意見と関係なく、もし行深だけにマンガの仕事の依頼が来て、彼が「やりたい」と言えば、一路はもちろん賛成し、がんばってと応援するつもりだ。

——「なんだってできるんだ」って、自分で知ってほしいし。

光の世界に飛び出した行深はもう自由なのだ。好きなこと、やりたいことを選んでいい。

それが結果的に道を分かつことになってしまっても、行深の自由を、一路にはとめる権利などないのだから。

9.

マンガ雑誌の綴じ込みポスターのイラストをデータで納品したとき、行深は担当編集から「いくらさんとお会いしたいです。一路先生には内緒で」とお願いされた。内緒なんていやだと思ったが、「お会いしたあとで、一路先生にご報告いただいてかまいません」と言われたので、最終的にその申し出を受けたのだ。

指定された新宿のカフェに行深ひとりで向かう。担当編集の女性・大貫《おおぬき》とはビデオ通話で顔を見て挨拶をしたことはあるけれど、直接会うのははじめてだ。

「今日は暑いですね。高校生の姪《めい》っ子が来週から夏休みって言ってて、もうそんな時季か〜って。いいですよね、四十日間も休みなんて」

夏休みを経験したことがないので、行深は曖昧に笑うしかない。

苦手な世間話のあとは、納品済みのポスターのことや、『Webバンボン！』に掲載されているマンガについての感想など大貫からひとしきり伝えられ、「それで、あの、本題ですが」と切り出された。

「次はいくらさんおひとりで、弊社の雑誌に掲載するマンガを描いてみませんか？」

大貫の『いくらさんだけに話したい内容』の要件が明らかとなり、行深は「あ……」と目線を落とす。

「すみません……あの、僕ひとりでは描けないんです」

一路に内緒でなんの話かと思えばそういうことだったのかと、行深は気落ちした。一路が喜びそうな話ならいいなと、ささやかに期待を抱いて来たのだが。

「……おふたりの間でそういう契約……お約束をされているってことですか？」

「いえ、そうじゃなくて、ほんとに……僕ひとりでは……」

周りにときどきかんちがいをされているのだが、行深はマリオネットのように操られているわけではない。一路は行深に一度だって「俺の言うとおりに描け」と強要したことはないし、一路がストーリーをつくり、ネームを切って、細かい指示を入れてもらった土台がないと行深は何もできないのだ。

イラストの仕事だって、依頼内容を咀嚼《そしゃく》し、「こういうものを要求されている」と一路に細かに説明してもらっている。それでも漠然としているときは、ラフを描いて提案してもらうこともあって、つまり一路がいないとイラストレーターとしても仕事にならない。

イラストの依頼内容はわりと明確なので、指定条件にあてはめてもしかすると自分なりの解釈で描けるかもしれないが、ひとりだったら「この解釈で合ってるのかな」と不安になって筆が進まなくなりそうだ。そうなったとき、間違いなく自分は一路を頼る。

「いくらさんは一路先生の指示通りにマンガを描かれていると」

「僕は、プロットはもちろん、ネームのひとつも自分で切ったことがないんです」

でも行深自身はべつにそれが変だとは思ったことがないし、『Ｗｅｂバンボン！』の担当編集からも何か指摘されたことはない。

「……そうなんですね。たしかに作画に徹してるマンガ家さんはいらっしゃいますしね」

大貫のその返しは「納得しました」というトーンではなく、行深も黙ってしまい、重たい空気になった。こういうときにうまく切り返せず、行深は曖昧に笑うことしかできない。

「人の言うとおりにではなくて、自分の自由に描いてみたいと思いませんか？」

大貫は笑顔でそう問いかけてくる。

そんなこと、考えたこともない。

でも、そう考えるのが普通なのだろうか？

「ご自身で描いたことがないから、『描けない』と思い込んでるだけだったりしませんか？ だったらもったいないですよ」

この人の価値観からすれば「もったいない」のかもしれないが、一路と一緒に描くのが楽しいし、何も損なんてしていない。

「描いたことがないなら、一度描いてみましょうよ。新しいことにチャレンジして、経験してみて、それでマイナスになることなんてないと思います」

その前向きな言葉には、行深の心も動いた。すっかり落ちていた目線を上げると、大貫は

「一緒にがんばってみませんか?」と行深を明るく励ましてくる。

たしかに何もしないうちから「できない」と答えてしまうのはいけない気がするし、自分ができないという事実を受けとめながら、行深はこれまでも前に進んできたところがある。

「弊社でいくらさんおひとりで描かれるのであれば原稿料についても……」

行深の気持ちを盛り上げようと、大貫はアピールポイントを話すのに懸命だ。

大貫の情熱には心が揺れるが、仕事として今ここで引き受けるのも、それはそれで無責任に思える。一路がいるから『うにいくら』があるのだし、彼にこの件を伝える前に決断などできるわけもない。

そもそも『うにいくら』だってまだ駆け出しの新人だ。これからもふたりでがんばっていくなら、ひとりでの仕事を考えるタイミングは今ではないのではないだろうか。

——それに……一路くんも僕と同じように思うんじゃないかな。今は一本でも多く一緒にマンガを描きたいって、言ってくれるんじゃないかな。

一路と同じ気持ちだということを確かめたい。

「……あの……考えてみます。少し、お時間いただけますか?」

大貫が「良いお返事をお待ちしています」と、行深の目をしっかりと見据えた。

帰宅して、担当編集の大貫から打診されたことを一路に告げると、最初に「行深はどう思うの？」と訊かれた。

一路はソファーに腰掛け、風太を膝にのせてそのやわらかな身体をよしよしとなでている。この話に、それほど驚いている様子もない。まるで、いつかあるかもしれないことと予測していて、その答えもすでに用意されているような余裕すら感じる。

いやな予感で、行深は彼のとなりにのろっとした動きで並んで座った。一路は肘掛け側に身を寄せるようにして行深が座るスペースを取ってくれたが、その気遣いをよくない意味に深読みしてしまいそうだ。

最近、キスやハグをしなくなって、ほんの少し物理的な距離がある。一路にふれられたら秘めている想いが爆発してバレてしまいそうで、行深のほうがそれを避けているからだ。一路もその距離に気づいているのではないだろうか。でも本当は強引にでもふれてほしいし、抱きしめられたい気持ちもあって、そんな身勝手で面倒くさい自分には呆《あき》れてしまう。

行深はそれより、今答えを出さないといけないことに頭を切り替えた。

「やってもいないことをできないって即答するのは相手に失礼だと思って『考えてみます』って返したけど、やっぱり僕の頭の中は描きたい絵が浮かぶだけなんだ。お話とか浮かばないし……そもそも僕には描きたいものなんて……」

「うん……でも、それって、本当に限界なのかな。帰りの電車の中で考えただけだろ？　行深にも描けるものがあるんじゃないかな」

たしかに彼が言うとおり帰りの電車の中で考えただけ。苦しんで這《は》いつくばって出した答えじゃない。

一路は、なんだかこのまま「ひとりでやってみればいいじゃん？」と言いそうだ。そんな気がして焦る気持ちが大きくなってくる。

「僕は、『うにいくら』で一路くんと一緒にマンガを描くのが楽しいし、ふたりで始めてまだ半年くらいだし、だからぜんぜん『うにいくら』だってこれからなのに、僕ひとりでマンガを描いてみるかどうかなんて、今考える必要あるかな」

たどたどしくも懸命に、行深は自分の想いを言葉にした。

俺も行深と同じ気持ちだよと言ってほしい。そう言われたらもっとがんばれる。

「『いくら』は帆風一路の言いなりでマンガを描いてる、みたいに思われるのも癪《しゃく》だし、それを覆《くつがえ》すのなら、行深がひとりでマンガを描くっていうのはアリかもしれないよ」

一路のその意見に、行深は啞然とした。

ネットでアンチテーゼを目の当たりにしたとき、行深はこれまでに覚えたことのないほどの怒りに震えた。何も知らない人たちが憶測で『帆風一路』を悪く言い、『いくら』は彼の人形だと嘲笑し、そんな会話をみんなで楽しんでいることが理解できなかった。

それを宥めてくれたのは一路だったのに。

「き……気にしなくていいって言ったの、一路くんじゃん。あんなのは針穴から見える程度のものだから、世界中が敵みたいに思わなくていいって。本当のことを俺たちが分かってたらいい、楽しんでるんだからいいって……一路くんが言ったのに」

「うん。ふたりでの活動はそれでいいと思うけど、でも先々のことを考えたら、行深に来たチャンスを俺がとめるのこそ、行深の才能を囲い込むことにならないかな」

「そんなの……周りが勝手にそう思うだけじゃん！」

興奮して声を荒らげてしまい、びっくりした風太が一路の膝の上から逃げ出す。行深はそれでようやくはっとして奥歯を噛んだ。

一路は一瞬こちらに手をのばそうとして、それをとどめるように膝の上でこぶしを握る。ぜんぶ嘘だと言ってほしい。行深を驚かせただけ、と取り消してほしいのに、一路は動かない。

とてもとても、心が傷ついている。

一路が自分よりもずっと、アンチテーゼに影響されているように見えることが、だろうか。それとも、「行深と一緒にマンガを描くことしか考えてないよ」と言ってもらえなかったことが、だろうか。

――どっちも……きつい。

混乱した頭は、ついにしんとして、真っ白だ。

「行深は自由でいいんだよ。描いてみたい、考えてみようと少しでも思ったなら、その気持ちをだいじにしてほしいし……がんばってみてほしい」

一路が言っていることも分かる。これは彼のやさしさから来る言葉だ。

自由を知らなかった行深のために、本当の自由は自分で選択して決定していくことだと、それを最初から放棄してはいけないと教えてくれている。

たしかに、やってもいないことを最初からあきらめるのはいけない。だから返事を持ち帰った。でもひとりになって冷静に考えれば考えるほど、『うにいくら』で描きたいという想いがくっきりと浮かび上がるだけだったのだ。胸の中のダイヤモンドみたいなそれを、誰にも砕かれたくない。

――一路くんの気持ちも分かるけど……僕が望んでるのは、一路くんと一緒に描きたいってことだけなんだよ。

でも、這いつくばって考えた答えじゃないと誰にもこの想いが伝わらないなら、行深にはそうしてみるしかなかった。

「……分かった。ちゃんと考えてみる……」

行深は小さくため息をついた。

一路ともっと深く、「ふたりで一緒にマンガを描いていこう」という気持ちを共有できるきっかけになると思っていた。

「ちょっと……散歩、してくるね」

玄関から外に出て、歩き出してすぐに後悔した。

午後のこの陽《ひ》が傾きかけた時間の暑さの中、まともに頭なんか働かない。

「……でも、考えなきゃ」

ちゃんと『いくら』個人でマンガを完成できたら、一路は喜んでくれるのだろうか。あの嘲笑していた人たちも、正当に評価をしてくれるのだろうか。『うにいくら』のためにも、そうしなければならないのだろうか。

とぼとぼと歩きながら、いつものように上向いた気分になれないことだけは、はっきりと感じていた。


それから一週間ほど悩み、『うにいくら』の原稿の合間に描いたネームを持って、行深は担当編集・大貫のもとへ向かった。指定された場所は編集部で、案内されたのは会議室だ。

一路にはじめて絵を見せたときはわくわくした気持ちがあって、胸がどきどきして、その緊張感すら楽しかったが、これから評価を下す人を目の前にしてただただ暗い表情になってしまう。

大貫は「さっそく拝見してもよろしいですか」と明るく問いかけてきた。期待もあらわな反応を前にして、行深はますます萎縮《いしゅく》していく。

「あ、あの、ネームっていうか、もう、ほとんど下描きみたいになっちゃって」

大貫は「下描き！　すばらしいです」とますますかんちがいをして、テンションを上げている。

「あの、ちがくて。ネームを描いたことないから、どうしても下描きのようになってしまったというだけです……」

もう泣きたいくらいの気持ちなのだ。見せる前から結果が分かるくらい、行深は自分が持ってきたものの出来を知っている。

あのあと電話で大貫に「ネームを描いてみたいと思います」と返事をしたとき、大貫は雑誌のコンセプトや描いてほしい題材をいくつか具体的に挙げてくれた。読者層は行深と同世代の若者をターゲットにしており、高校生を主人公にしたアオハルもの、大学生くらいの年齢で男性目線の多少ゲスさもある恋愛もの……など、ストライクゾーンを広めに取って提案してくれたのだと思う。

そんな熱心で誠実な彼女に対し、自分も全力で向かったけれど。

行深は印刷してきたネームの用紙を、大貫に向けて差し出した。

「では、拝見させていただきますね」

このまま泡のように消えてしまいたい。

反応を見なくても分かる。行深は俯いたままで、沈黙して待った。

ものの五分もかからず、大貫がネームを確認して顔を上げる気配を感じ、行深も目線を上げた。

「えっと……アオハル……大学生もの……いくつかご提案させていただきましたが……」

「……ごめんなさい……そういうの、描けなくて」

「あ、いえ、謝らなくてもいいんですよ。うーん……これもかわいいっちゃかわいいんですけども……」

テーブルにネームの用紙をそっと戻された。いちばん上は『うにといくらの軍艦巻き』の表紙だ。そのタイトルのとおり、うにといくらの軍艦巻きのデフォルメキャラによるほのぼののストーリーとなっている。

大貫の困惑は痛いほど分かる。行深が編集者だったら、「アオハルや大学生など」とお願いしたのに、マンガ家がこれを持ってきたら「話、聞いてました？」と思うだろう。

「うにといくらというのは……つまり『うにいくら』先生のこと、ですよね」

大貫は必死に理解しようとしてくれるから、余計に申し訳なくなってくる。

「すみません、ほんとに、ごめんなさい。いくら考えても、僕の中からは『うにといくら』のことしか出てこなくて……」

「うにといくら、しか……逆に、どうしてなんだろって、ものすごく興味が湧きます」

あぁ、この人すごくいい人なんだろうな、と思うから、ますます行深はうなだれた。

「僕の中には……今、『うにいくら』しかなくて……うにがどれだけかっこいいかとか、中身はやわらかで綺麗なオレンジ色でおいしいかとか、そんなことばっかり……」

大貫は目を瞬かせて、ちょっと笑いそうになっている。

「あーいくらちゃんのセリフにありましたね。『うにくんのとげとげがかっこいい』『そのとげとげの鎧《よろい》で僕を護ってくれる』でしたっけ。いくらちゃんはすぐにぷちっと弾けてしまうところがシュールでかわいい……ん、かわいいかな？　ところどころグロさがあるのが、ブラックなかんじもありつつ……」

なんとかいいところを見つけて寄り添おうとしてくれる気持ちはありがたいが、もうそこまでさせるのは罪深い気すらしてくる。

「大貫さん……あの、僕、高校生の夏休みってどういうものか、知らないんです」

突然の告白に、大貫は首を傾げている。

誠実な人に、ちゃんと本当のことを話さないといけない。

「高校生の姪っ子さんは四十日間もお休みできてうらやましい、みたいなこと、大貫さんがおっしゃってましたよね。でも、僕は、そのうらやましさもよく分からないし、高校が四十日間もお休みってなんだろうってかんじで」

「……えっと……高校だけではなく小中学校も同じじゃなかったですっけ。あれっ、そんな話じゃない？　もしかしてどこか海外にお住まいだったんですか？」

大貫だけではなく誰だって、行深が生きてきた二十年は想像のつかない世界にちがいない。

「僕、学校に行ったことがないんです。小学校も、中学校ももちろん。『赤ちゃんポスト』に捨てられる直前のところを誘拐されて、その誘拐犯をママと信じて育って……去年保護されたんですけど、ニュースでご覧になってませんか」

大貫の顔から、さぁっと笑顔が消える。

「僕自身、まだ一年もこの世界を生きてないんです。だから、普通の高校生がどんな日常を送っていて、どんな出会いをして、恋愛をするのか、想像を超えた世界の話っていうか。小説やマンガは読んだのでなんとなくは分かるけど、僕がひとりで描くと、たぶんただの丸パクになります」

行深はあらためて大貫に向かって「ごめんなさい」と頭を下げた。

言ってしまうと、案外胸はすっきりとする。保護されて以降、この話をしたのは一路以外にははじめてだ。

「……だから……おふたりのことを描かれたんですね」

行深が顔を上げると、大貫はやわらかにほほえんでいた。引かれたり、驚かれたり、憐《あわ》れまれたりという反応を想像していたが、彼女の表情にはそういう色はいっさい見えない。

「そっかぁ……今のいくらさんにとって『うにいくら』がすべてだってことは、伝わりました。それを分かってこれ読むと、ちょっと……胸にくるものがあります。とげとげを持って、護ってくれるうにくんのことを、いくらちゃんはかっこいいと思ってるし、うらやましくて、あこがれてる。でもおんなじ海苔に包まれてて、そこはおそろいって喜んでるんですよね。しかもこれべたべたしてる味海苔……なんで？　味海苔が好きなんですか？」

行深は笑ってうなずいた。家にあるのはいつも焼き海苔じゃなくて味海苔だ。俵形おにぎりの味海苔巻き。それが限界を突破したときに食べる究極の修羅場メシ。

「味海苔でべたべたするのすら『うにいくら』だとかいう……いかん、ボーイズラブに見えてきた」

「深読みがすごい」

「いえ、そう描いてあります。そのまま読みました。で、このネームですが、かわいいんですけども、弊社の雑誌にこれを掲載するのは、やはりちょっと……」

「浮きますよね」

「そうですね……軍艦巻きが水に沈まず浮くくらいには、浮きますね……」

ふたりで爆笑した。大貫ももう笑うしかないのだろう。

「あの、ほんとにごめんなさい。でもこれが限界でした。真剣です。ふざけてないんです」

「分かってますよ。そんなふうに思ってません。だから、いつか、いくら先生の心に今以上にいっぱいしあわせが詰まって、いろんな経験をして、そして描きたくなったら、わたしのことを思い出して、いちばんにご連絡ください」

にこっと笑ってくれる大貫に対し、行深もやっと本当の笑顔になれた。


大貫にいろいろ打ち明けて、話を聞いてもらって、笑ったら、なんだか胸の閊《つか》えが取れてまっさらになった心地だ。

——……一路くんに、なんて話そうかな……。

だめだったと言ったら残念がるだろうか。喜ぶわけはないけれど、この『うにといくらの軍艦巻き』のネームを見せなきゃならなくなるのは必至だ。

「どうしよう……こんなの見られたら、はずかしねる。どうして僕はこんなものを描い……いや、こんなものしか描けない僕……これが『黒歴史』ってやつになるのかな……」

こんな調子ではいつまでも彼のお荷物状態で、成人男性として自立した姿を見せられるような日は来ない気がする。

ネームの出来不出来もさることながら、自分がどれほど一路に依存しているのか、きっと丸わかりだ。大貫が初見で見抜いたくらいなのだから、伝わらないはずがない。

——自立したらもしかして一路くんのところを出ていかないといけないのかな……とか思ってるから、無意識で自分で限界を決めちゃってて、がんばりが足りない可能性も……。

今は『うにいくら』として一緒にマンガを描いているから、当たり前のように居候を続けているが、一路が本当は現状をどう思っているかは確認していない。

こんなかんじではいつか呆れられて、甘え続けるのもいいかげんにしろよってことにならないだろうか。

出版社から駅方面に向かって歩いているものの、このまま電車に乗って帰るか、書店でも寄り道して帰ったほうがいいのか、悩むところだ。スマホの地図アプリをちらちら見ながら進んでいたら、ＬＩＮＥメッセージを受信した。

「……慎太郎さんだ」

慎太郎はときどきＬＩＮＥで『イラスト見たよ』とか『がんばってね』とか、行深にもメッセージをくれる。

『修羅場ってない？　今度の日曜なら手伝えるよ。一路にも同じメッセージ送っといた』

一路と行深の修羅場は波が少しズレているので、慎太郎は一路だけじゃなく行深にも同様に訊いてくれる。

「………」

『一路くんのほうの原稿が』と文面を打ち始めて、行深は指をとめた。

変な時間にＬＩＮＥが来たと思っていたら、慎太郎は群馬《ぐんま》への出張から帰ってきたところで、東京駅近くのカフェで会うことになった。

スーツ姿の慎太郎は行深の向かいでコーヒーを飲みつつ、あの問題のネームを読んでいる。

「……にやにやしないで」

「ええっ？　俺、にやついてる？」

にやにやを通りこして、ほのぼのとした笑みを浮かべている。

「…………分かってます。担当編集の人にも言われたから」

「これがあのマンガ雑誌に載ったら載ったで、話題になっただろうな」

「載ったほうも載せたほうもケガしそう」

ハハハと笑う慎太郎の前で、行深はミルクティーとミルクレープを食べた。

闘いに敗れてケーキなんて食べている自分は、たしかに傷ついてはいないし、なぐさめてほしいわけじゃない。

「一路くんはがんばれって言ってくれたのに、僕はこの程度だし……。僕は一路くんにとってマイナスの存在になんてなりたくないのに、実際、一路くんがいないとなんにもできない。マンガは一路くんがいるから描きたいし、楽しいって思うんだ。そういうの、よくないって分かってるんだけど」

「よくないの？」

「……よくないよね」

行深が目を瞬かせると、慎太郎は「ん〜」とくちびるを歪ませる。

「うん……まぁ『ひとりの成人男性として』って話なら、自立は必要だけど……今のって、そんな話じゃないよな？」

「……え？　どんな話？」

「さっきから恋の話じゃなかった？」

「えっ？」

慎太郎がテーブルの上の『うにといくらの軍艦巻き』を指さした。

「いやもう……なんというか……これだってボーイズラブだよね」

「……大貫さんも、そんなこと言ってたけど……なんで？　うにといくらの軍艦巻きの話だよ。いくらが、かっこいいうににあこがれてて……」

恋をしている、というのは、一路には知られてはならないことだ。慎太郎にバレたら、一路まで筒抜けになってしまう。

行深は顔を能面のように懸命に無表情にした。

「あのな、擬人化っつージャンルがあんのよ。行深ちゃんはそれをナチュラル〜に描いてんの。今度、夏コミに連れてってやろうか？」

夏コミがなんなのか分からない。

「その無表情が逆に不自然だから。本人だけポーカーフェイスのつもりっていうそのごまかし方が……小学生や中学生レベルでかわいすぎんだろ」

慎太郎が頭を抱えている。行深はごくっと緊張で唾《つば》を呑《の》んだ。まさか、慎太郎には見破られていたのだろうか。

「あのね……いや、俺見ちゃったんだよね……。ちょっと前に、修羅場のとき、そっちに手伝いに行ったじゃん？　一路が徹夜で顔が泥色になってたの、あれ四月だったたっけ」

何をだろうか――と考えて、慎太郎がすぐ傍にいたのに一路にキスをされたことを思い出した。

「え……あ、えっと……あれはごほうび、……じゃないか……」

なんでキスされたんだっけと考えていたら、あらぬ鉄球が飛んで来た。

「行深ちゃんのタブレットをさわったとき、他のアプリが見えちゃって」

一路に見られたことがある『キス絵』ならすぐに消したので、それはない。なんだっけ、と思い巡らせても見当がつかない。一路に『キス絵』がバレたときに懲りたので、そもそも見られるとまずいものは残さないように気をつけている。

「行深ちゃんの絵日記アプリ」

「……あぁ、うん。練習用の。デジタルで絵を描くのに慣れなきゃと思って、毎日描いてた」

でもあれがなんだというのだろうか。一路のことが好きだとか、それこそキス絵だとか、そういうものは描いていない。

「行深ちゃん……文字や言葉ではっきりと書かなくても、あれを見たら分かるよ」

慎太郎が行深に向かって、おだやかにほほえんだ。

「恋でもしてんのかなーってさ」

「………」

「好きな人を見るときの恋情？　それが日々、絵で綴《つづ》られてた。それも最初からだよ。文字の日記より饒舌《じょうぜつ》に」

最初から、だったのだろうか。

デジタルの描き心地に慣れるため、日がな一日練習した。早く一路の原稿を手伝えるようになりたくて。

絵日記アプリは、自分の絵の成長を時系列にして一目で確認できる、と考えてインストールしたものだ。日記なので、できるかぎり楽しく続けたい。

一路との些細《ささい》で楽しい思い出を、忘れたくないから描いた。一路がバイトへ行っている間、指示待ちや原稿の合間にも、とにかく一路のことをたくさん描いた。他に描きたいと思わなかったからだ。

「でも、一路くん以外も、描いたよ」

「それは、行深ちゃんの生活が満たされて、少しずつ、自分の周りにあるいろんなものが見えるようになったからだよ。だから他のものも描きたくなった。ちがう？」

行深はついに黙った。慎太郎が言うとおりだ。

最初は一路のことしか見えてなくて、でもだんだん、頭の中に一路以外のものが残っている日が増えた。

「行深ちゃんはちゃんとがんばってるし、前進してるよ。もっと自信持って」

「でも、僕がいくら想ってても、一路くんは……『恋愛が絡むと薄情だ』って……慎太郎さんとふたりで話してるのを聞いたことがある。出会ってすぐの頃」

行深がかつて耳にした会話のことを話すと、慎太郎は笑っている。

「まぁ、うん……そういう面はなきにしもあらず、だったけど。恋愛が、その人の価値観を変えちゃうこともあるんじゃないの？　じゃなきゃ、こんなに長く、なんとも思ってないただの他人を、一路は傍に置いとかないって。一緒にマンガを描く仲間だとしても、だよ」

「…………」

「こっから先は、自分で本人に訊きなさい」

茫然としている行深の前で慎太郎が腕時計にちらっと目を遣り、「俺、そろそろ会社に戻んなきゃ」と立ち上がった。

考えが纏《まと》まらないのに、行深は家の前についてしまった。

でも自分の気持ちはもう誰の目から見ても明らかなほどに、恋らしい。

——もういっそ、一路くんにもバレてるんじゃないかな。

そう考えると、怖くなってきた。想いがバレているのに「ひとりでがんばってみて」と行深を送り出したとするなら、それはもう「自立して出て行ってもいいよ」と同義ではないのだろうか。

——いや……悪い妄想をするのはやめよう。

まだそんなことはひと言も言われていないのだ。

よし、と深呼吸し、行深は玄関ドアの鍵を開けた。手にしたのは一路が買ってくれたパンダのキーホルダーだ。今日の服装もぜんぶ、一路と一緒に買ったものだし、今の自分は降谷《ふるや》一路でできているといっても過言ではない。

リビングのドアを開けて「ただいま」と覗くと、あいかわらず夜の遊園地みたいに賑《にぎ》やかな部屋のソファーに寝転んでいる一路の頭が見える。

寝てるのかなとそっと近づいたら、一路は目を閉じていて、その胸の中にタブレット端末が抱きしめられていた。

それは行深がマンガを描くのにいつも使っているタブレット端末だ。いや、そもそもは一路のものなのだが、出会ったときに「使っていいよ」とタッチペンとともに渡されて以降、行深はずうずうしく我が物顔で使っている。

「……一路くん……？」

少しだけ、いやな予感がした。

原稿で共用するため、暗証番号でロックをかけていない。何度でもいうが、それはそもそも一路のタブレット端末だ。

もしかして、中を見たのだろうか。自分は「ぜんぜん見られてもだいじょうぶ。えっちなことは描いてないし」と思っていたが、どうやらそれらは他人から見ると『恋の証拠』でしかないらしい。

なんてことはない絵日記も、『うにといくらの軍艦巻き』でさえも。

「一路くん……あのぅ……」

「慎太郎から連絡があった……さっき行深とミルクレープ食ったたって」

やはり一路は寝ていなかったようだ。

「あ、あぁ、……うん」

ダイブしたみたいにソファーに転がっている一路の傍に、行深は腰を下ろした。

一路が顔を見せることなく、行深に向けてタブレット端末を押しやってくる。

キス絵がバレたときの自分を再現されているみたいで、頭が思わずかあっとなるが、行深はそれを無言で受け取った。

「……えっと……一路くんに、まずだいじな報告から。ネームは、だめでした。これは載せられないって言われた。でもたくさん褒めてくれて、編集さん、すごくいい方だったよ」

「……『うにといくらの軍艦巻き』……だよな。……今読んだ」

「はい。こうして冷静になると、あれを提出した僕の心臓には、意外と剛毛が生えてる気がしてる。がんばったけど、プロはそれだけじゃだめなんだって、痛感した」

一路がこっちに顔を向けてくれた。すごく切ない表情で、でも、行深の髪をよしよしとなでてくれる。何か言葉にしなくても、がんばったな、と一路もそこは認めてくれている気がした。

「一路くん……自分のネームがだめだったからじゃなくて、僕は一路くんとマンガが描きたいよ。そんなのは行く前から分かってたから、編集さんに申し訳なかったな。僕はいろんなことが未完成でちっぽけなんだけど、一路くんといると自分がすごい存在になれる気がして、そんな自分まで好きなんだ。一路くんといると自信が持てる」

一路の目に涙がたまっている。

「僕はひとりでは何もできないと思ってたけど……一路くんがうちで待っていてくれたから、ひとりで編集さんに会って、ネーム見せて、帰ってきた。それってもう、すごいことだよね」

小さな一歩、でも大きな意味のある一歩だと思う。踏み出さないと前には進まない。つまずいたり転んだりするのは、前に進もうと懸命だからだ。

「俺、すごい傲慢《ごうまん》だった……行深のことを護れるのは俺だけだって思ってて……でもちがうんだな。行深はちゃんと自分を自分で護れるし、自分の足で走れるんだ」

行深は笑って「ううん、まだぜんぜんだよ」と首を振った。

発展途上で、知らないことのほうが多いけれど。

「ひとりでできることも増えたよ。でもそこに一路くんがいると、もっとしあわせなんだ。どんなこともがんばれるし、一路くんと、ふたりでそれを楽しんじゃだめかな」

行深も一路の髪をなでた。同じように想いを交わしたいから。

「ひとりでがんばらなきゃいけないことも、一路くんとふたりで一緒にがんばることも、僕はどっちも欲しい」

にこりとほほえんだら、そのまま一路の腕に引き寄せられ、やさしく抱擁される。一路が行深を抱きしめて深呼吸し、合わさった胸が大きく波を打って、彼が気持ちを整えようとしているのが伝わった。

「行深のこと『がんばれ』って応援しなきゃいけないって頭では分かってるんだけど、それと同じくらい、行深にどこにも行ってほしくないって思ってしまう。俺だけが行深を護ることのできる存在になりたくて、でもそれはいけないことだって分かってるんだ。相反する感情のどちらも俺の本心で、処理できなくて、今日は何も手につかなかった。なのに、慎太郎とケーキ食ってるとか聞かされるし……もう……」

「おいしかった。ミルクレープ」

笑いながら返すと、ぎゅうぎゅうと抱きしめられる。

「慎太郎に『タブレット端末の絵日記とネーム見ろ』って言われて……なんであいつが俺より先に知ってんの」

最後はぶつぶつと文句みたいに言われて、行深は肩を震わせて笑った。

「絵日記のことは僕が話したわけじゃない。手伝いにきてくれたときにたまたま見ちゃったらしい。僕は見られちゃまずいものっていう意識がなかったし……」

「めっちゃ俺のこと描いてあった」

「だって一路くんのことしか描きたくなかったから」

ヘッドホンをつけて原稿中の丸まった背中、眉間に皺を寄せて電話中の表情、椅子に座ったまま寝ている姿、風太の爪を切っているところ。手、くちびる、耳、眉、足の指、降谷一路をつくるそんなパーツひとつひとつさえも愛しい。

行深にとっては、ただ描きたいものを描いただけ。でもそこに好きがあふれてしまっていた。だって、彼を好きだから描いたのだ。

「……最近は俺ばっかりじゃなくて、いろんな絵を描いてたみたいだけど」

「いろんなものに興味が湧いて」

「でも、それも、行深の気持ちが俺だけじゃなくて、ちゃんと外に向かってるんだなって、うれしかった。スーパーのレジ打ちの紫色の髪のおばちゃんも描いてたから、笑っちゃったけど」

「だってあの人『いつも仲良しね』って声をかけてくれる。全品一割引の日を教えてくれたり、いい人だよね」

バレンタインのチョコのことを一路と話していたら「あら、最近は女の子が女の子にあげたり、みんな自由よ」と教えてくれた。

風太も、慎太郎も、好きだ。彼らはもっと早くに絵日記に登場している。

「商店街の肉屋さんとか、八百屋さんのご主人とか、オマケしてくれる人が好きだな？」

「そりゃそうだよ。オマケはうれしいでしょ、誰だって」

行深は抱きしめられていた胸から少しだけ身を離して、一路を見つめた。

「絵日記に記したとおり、僕は今日までにいろんな人と出会ったよ。いろんなものも見た。それでもまだ知らないことがいっぱいあって、これからもいろいろ迷ったりするだろうけど、そんな僕にもちゃんと分かる……僕は、一路くんに恋をしてる。一路くんが好きなんだ」

恋を知らないからまちがっているわけじゃないし、かんちがいなんかじゃない。それを一路にも分かってほしい。伝えた想いに対して、同じだよと返してほしい。

行深がじっと一路を見つめると、彼は耳を赤くしてまばたきさえ忘れたみたいに濡れた眸で見つめ返してくる。

「さっき一路くんは『それはいけないことだ』って言ったけど、僕は一路くんに護られてしあわせだし、僕も一路くんのしあわせを護りたいと思ってるよ。それってだめじゃないよね。だって一路くんは、僕を閉じ込めたいわけじゃない」

「……と、閉じ込めたいくらいの……他のやつにさわらせたくない気持ちは、ある……。ごめん。だからってほんとに閉じ込めたりしないけど」

「それなら、『誰にでもさわられていいよ』って平気な顔されるほうが、やだよ」

行深のまじめな返しに、一路が「たしかに」とちょっと笑った。

「一路くんも、僕のしあわせを護りたいって思ってくれてるんだよね？」

行深が返事を待つと、一路が「もちろん」とうなずいてくれて、うれしい。

「……僕のこと好きなら、キスしてほしいな……」

小さく誘うと、一路は行深の頬をなでて、そっとくちづけてくれた。

短いキスのあと、一路がやさしくほほえんだ。

「ボーイズバーの仕事辞めたの、マンガ家のほうが忙しくなったからってだけじゃない。たとえ仕事でもお客さんとハグとかデートとかしたくなくて……。ただいやってことじゃなくて、行深以外の人とそうしたくなくて、その手で行深にふれたくなかった」

「一路くんがお客さんとキスとかハグとかしてるなんていやで、僕はふてくされて。風太と僕がいるから一路くんはバイトをがんばってたのに……ごめんね。でも『恋愛感情なんて持たれたら面倒くさい』って一路くんに捨てられると思って、好きって言えなかったんだ」

一路は「え？　なんでそんなふうに思ったの？」と目を瞬かせている。だから今日慎太郎に訊いてみた『恋愛が絡むと薄情』の一件を、一路にも明かした。

一路は「ううーん……」と苦笑して、困った顔をしている。

「いや……うん、否定はできない。実際、薄情だったし、ちゃんと相手と向き合ったことがなかった。恋愛を大切にしてなかった。行深に出会うまで、自分のことより、相手をだいじにしたいって思ったことなくて……とか言うと、まじ最低なやつで……わぁ、ごめん、こんな俺のことぎらいにならんないで」

一路が両手で顔を覆ってうなだれるので、行深は慌てた。

「今はちがうから、ほんとに。行深のこと、大切にしたい。大切な行深のまっさらな心に、俺の気持ちを先に植えつけちゃいけないって思って、『好き』も言えなかったんだ」

行深の心がしあわせで満たされて、それでも一路の傍にいたいと、他に代わりはきかないと、それがちゃんと分かるまで待ってくれたのだ。

「僕の背中を押して、待っていてくれたの、ありがとう」

だってどこへだって自由に行けるから。行深は自分で決めてここにいる。

「僕はやっぱり……一路くんが好きだなぁ」

好きだという想いが胸にあることが、しみじみとうれしくなるくらいに。

行深が笑うと、一路は切なげに、でもうれしそうにはにかんだ。

「好き……俺も。好きだ。俺のできることぜんぶで、しあわせにしたいなって思う。俺も行深とマンガを創りたい。これからも行深に描いてほしい。行深がひとりで描いてみたいって思うときも、いちばん近くで応援させて」

一路ならそう言ってくれるんじゃないかと思っていた。

行深は飛びつくようにして一路に縋りついた。一路が受けとめてくれて、行深はほっとため息をつく。

「一路くん……好き」

何度だって言いたい。言葉にすると、好きだという気持ちがさっきよりもっと行深の中で大きく膨らんだ。大好きな彼に抱擁されれば、それはさらに、どんどん大きくなる。

今度は行深のほうからくちづけた。キスをただ大人しく待つだけじゃ足りない。

一路に腰を引き寄せられて、ソファーに引き上げられる。それまでふれあうだけだったくちびるをしゃぶられて、行深も彼のくちびるを舐《な》めて食《は》んだ。

互いにふれあうところを深くしていく。口の中の粘膜を舐められたら、行深も一路の舌をちゃぷっと音を立てて啜《すす》った。舌を絡め合うキスに夢中になる。

舌の表面が合わさって、こすれるのが気持ちいい。垂れそうになった涎《よだれ》を舐め取られるのも。一路の腕にくるまれて、グルーミングされているみたいだ。

ずっとこうしたかった。ごほうびのキスをいっぱいくれたけれど、これはそういうのじゃなくて、官能的で、いつもは隠している内側を明け渡して、引き摺《ず》り出されるような行為だ。でもそれがうれしい。もっと無遠慮に、ずうずうしく入ってきてほしい。

上衣の裾を捲られ、素肌をなで上げられて行深は喉の奥で声を上げた。

ソファーに寝かされながら、くちづけも、手のひらの愛撫《あいぶ》もやまない。舌を絡ませ合うと、興奮と快感で胸が大きく上下して、鼻腔《びこう》から甘えた声がこぼれてしまう。

くちびるをほどいて互いのひたいをくっつけたら、とても興奮した息遣いで、抑えるのに苦労する。

「一路くん……したい、すごく……。僕の身体の中が一路くんでいっぱいになるあのかんじが、欲しい」

すると一路が喉の奥で低く呻《うめ》いて、腰をすりつけてきた。硬いものを押しつけられて、彼も同じことを望んでいるのだと伝わる。行深はそれにふれたくなって手をのばした。手のひらで包むようにして揉《も》むと、その手の中でずしりと重くなってくる。

下衣を脱がそうとしている一路の動きに気づいて、行深も腰を浮かせ、ボタンを外したりして脱衣を加勢した。

「い、一路くん、そういえば……僕、シャワーも浴びてない」

興奮してすっかり頭から抜けていたが。夏場に外を歩いて、帰宅したのだ。

「うん……あとで一緒に浴びよう。今はやめたくない」

「……だから下のほうは、舐めるのだめ」

一路がちょっと残念そうな顔をするから、行深は笑った。

「今は僕も……一路くんと一秒だって離れたくない」

互いの身体を引き寄せ合ってくちづける。それでも足りないかんじがして、行深は彼の背中にしがみついた手にぎゅうぎゅうと力をこめた。

なんだか気持ちが急《せ》いている。ずっとがまんしていたところに、想いが爆発して、ブレーキがぜんぶ壊れてしまったみたいにとめられない。

「……でも行深、五秒だけ待って。棚にあるジェルを取って来なきゃ」

一路が指でさしたのはアンティークチェストだ。

行深は興奮しすぎな自分を落ち着けようとひとつ深呼吸して、こくんとうなずいた。


一路の部屋にあるアダルトマンガもぜんぶ読んだ。

いつか自分も、えっちなシーンを描いたりするんだろうか——と、行深は一路のペニスを受け入れる最中に考えた。

両脚を自分で抱えて、彼の屹立《きつりつ》が後孔に押し込まれる様子を観察する。一路のペニスはくっきりと笠《かさ》が張っていて、行深のものよりいやらしい色とかたちに思えて目が離せない。

「熱心に見過ぎ。あとで描くなよ？」

「……描かない……けど、一路くんのそれが、僕のどこをどんなふうにこすってるのか、想像すると……すごく、興奮すっ……んあっ……」

ぬるぅっと深く、内壁を舐め上げるような動きで入り込んでくる。あの笠のところで、襞《ひだ》を掻かれているのをはっきりと感じていっそう昂《たかぶ》る。

「今の、これも？」

硬い先端でずるずると胡桃《くるみ》を捏《こ》ねられて、行深は声と息を弾ませた。

「あぁ、あっ、んっ、き、気持ちいい、ところ、こすっ……てるっ……っ……」

「行深って意外と……すごいえっちだな」

自分で両脚を抱えていた手をそこから離して、一路の首筋にしがみつく。

「もっと……くっつきたい、一路くんと」

「挿《い》れたばっかだよ……深くしていいの？」

「だって……気持ちい……」

頬を寄せると一路がキスしてくれて、さらに髪をなでて、頬や首筋も大きな手のひらで愛撫してくれた。くちびるを塞がれた状態で腰を揺らされ、一路のペニスが行深のとても深いところにゆっくりと入ってくる。

「これ……もしかして自分でうしろも弄《いじ》ってた？」

こうなったらバレることは分かっていたので、行深は一路の耳元でうなずいた。自慰を教えたのは一路だ。でもさすがにうしろに指を挿れることまでは教わっていない。

「自分の指じゃ……この辺は届かないよね」

一路がさっき指先でこすってくれたところだって、自分でするときは掠《かす》る程度だった。自慰では満足に届かなかった内襞《うちひだ》を、硬茎でたっぷり掻き回される。

「……あぁ、あぁ、すご、……い……それ、んぅ……」

「これ？　気持ちいい？」

激しくされているわけじゃないのに、こすれあっているところから湧き出る快感が濃厚で、頭の中までぐちゃぐちゃにされそうだ。

行深はそれに夢中になりながら、懸命にうなずいた。

「なんで……指と、ぜんぜんちが……ん。一路くんの、で……されたらっ……」

とろとろにとろけていく。そのソフトクリームみたいにやわらかいところを、一路の硬いものでまったりと攪拌《かくはん》されていく。

ただただ気持ちいい。閊《つか》えることがなく、接合が深くなっていく。

そのとき奥がきゅうんと窄《すぼ》まるような感覚があって、行深は喉を引きつらせた。

「あ……いきなり入っちゃった、奥まで」

最奥に嵌められた感覚に、背筋が震える。ぞくぞくとする波が何度も背骨に沿って駆け上がり、とまらない。

一旦退こうとした一路の腰に脚を巻きつけて引きとめる。

やさしく髪をなでられながら「こんな奥……痛くない？」と問われて、行深は声もなく首を振った。痛みや苦しさはなくて、ただ頭の芯が甘く痺《しび》れている。

その奥のくぼみを尖端《せんたん》でとんとんとつつかれると、快感が波紋のように広がるばかりだ。

はじめて一路としたときは少しずつ、ずいぶん時間をかけて最奥までつながったけれど。

「お互いを想いあってる、好きな人としてるっていう、媚薬《びやく》効果もあるのかな。こんなにやわらかいなんて……」

一路が言うように、安心感と高揚感で、身体と心が高まっているのかもしれない。

夢の中にいるみたいに、快楽に浸かった頭がぼんやりしている。行深はどうにか、彼の耳元で「きもちい」と吐息で訴えた。

「……ここ、ゆっくりしてあげるね」

一路が腰を押しつけて深く嵌め、奥壁を舐めるようにしてひっきりなしに抉ってくる。快感に酔って目を開けていられない。

「……ち、ろ……くんっ……んっ……」

「うん……気持ちいいね」

頭の天辺《てっぺん》からつま先までのぼせそうなほどのしあわせに満たされている。この快楽がずっと続いてほしい。このまま一路とつながっていたい。いっときも離れたくない。そんな爛《ただ》れた欲望で頭がいっぱいになる。その考えていることの半分も言葉にできずに「これ……ずっと……したい」になってしまった。

「こすれてるところ、合わさってるところぜんぶ溶けそう……俺もとまんない」

ぐちゅん、と接合した後孔から粘着音が響いたあと、その卑猥《ひわい》な音が続けざまに鳴り始める。とろみのある蜜にたっぷりと空気が送りこまれて中が泡立ち、その小さな気泡がぷちぷちと弾ける刺激すら快感になった。

「……あっ、……あぁっ、い、一路くんっ」

逃げ腰を両手で摑まれ、容赦なく突き込まれる。

スピードをつけた抽挿《ちゅうそう》で奥深くまで責められて、行深は強い快感に身を捩った。そんな動きひとつも強烈な性感を生んで、ますます追い上げられる。

行深の耳元に当たる、一路の興奮して吐き出される息が熱い。

「行深……気持ちいっ……すごく……」

彼も同じようにこの快感を味わっているのが分かって、それにも興奮する。

ひとしきりこすり上げられ、一路に抱きしめられてとまった。

彼の重みを受けとめると、あたたかくて愛しい想いが合わさった胸に広がる。

行深は一路の厚みのある背中に手のひらを滑らせた。

――僕の、好きな人。僕を好きになってくれた人。

身体でそれを実感する。

互いに呼吸を整えた頃、「行深、おいで」と、つながったまま抱き起こされた。

対面で彼に跨がるかたちになって、行深の目線のほうが少し上になる。いつもは行深が彼を見上げているから、見下ろすのはなんだか新鮮だ。

「……何？　うれしいの？」

「一路くんが……、かわいく見える」

「いつもとちがって見下ろしてるから？」

一路が行深の身体に腕を巻きつけて、見上げてくるのに猛烈にきゅんとした。

「……好き。どうしよう……すごく好きだよ」

「だいじょうぶ。俺もすごく好きだから」

「じゃあ、おんなじくらいの好きがいいな」

「うん……おんなじ」

なんだか彼を見下ろしているからか、「困らせるくらいに愛したいな」という気持ちでいっぱいになる。

「……これ、どうしたら一路くんは気持ちいい？」

すると腰を摑まれて上下や前後に動かされ、「こんなふうに腰振って」と教えられる。

これまでは正常位で、一路が動いて気持ちよくしてくれるセックスしかしたことがない。

最初はうまく動けず、恥ずかしさもあって戸惑ったけれど、下から一路の硬茎に貫かれるかんじがして、ひどく興奮する。

「……あぁっ、……あぁっ、それ、ぇ……っ……」

一路の上に跨がった状態で振りたくられ、手淫《しゅいん》されたら、腰が抜けるほど感じてしまった。

自分では体勢を保てなくなり一路の上に倒れ込んでも抽挿されっぱなしで、行深は彼の胸ですぎる快感に喘《あえ》ぐことしかできない。

抱きしめられたままソファーの座面に背中をつける格好に戻された。

再び正面から組み敷かれ、興奮で膨らんだ胡桃をこすり上げられて、いちばん奥を深く抉られる。

結局、彼を翻弄することはかなわず、ただ夢中になって、惜しみなく与えてくれる快楽をひたすら享受するだけになった。

「あぁ……、それ……イく……」

「いいよ、イッて。前も一緒にイけそう?」

両方でイくなんて、そんなの頭が変になりそうだ。

鈴口《すずぐち》からだらだらと白いものを滴《したた》らせて今にも吐精してしまいそうな行深のペニスを、一

路が手でかわいがってくれる。

「……あっ……！」

執拗に奥を捏ねられるうちに内壁が痙攣《けいれん》し、一路のペニスにきつく絡みつく。

そのとき、行深のまぶたの裏で光のかたまりが弾けたような気がした。身体が一瞬硬直したあと内腿《うちもも》がぶるぶると震える。

天辺まで昇りきって、腰を揺らしながら射精し、やがて脱力した。

すべての音が遠のいて陶然となる中、後孔のふちでどくどくとしぶくような血潮を感じる。

――……あ……一路くん……僕の奥に出してる。

うれしい。身体の深いところに、彼が染み込むかんじがするから。その一滴すら、自分のものにしてしまいたい。

心地よい疲労感と余韻で動けない行深の首筋に、一路も熱い吐息をこぼしている。

行深は深い多幸感にとろける心地で、一路の身体を抱きしめた。

一路が「俺もイッちゃった」と耳にそっと報告してくれる。

「……一路くんが……僕の中に出すの、好き」

彼の身体まるごと愛おしい。

「こんなにぴったりくっついてるのに、まだ、もっとって思う……」

「行深だけじゃないよ。俺もそうだから」

互いを抱擁し、くちづけあって、うっとりと甘い気持ちで頬を寄せた。

「……このままもう一回する？」

ほんの少し揺らされ粘膜がこすれあっただけで火が点《つ》き、喉の奥がひくっと音を立てる。

「ぼ、くの答え……なんて、きく気ない、でしょ……」

笑っている一路にゆるゆると揺らされ、行深は鼻を鳴らして首を竦《すく》めた。

こうなると、もうとめられない。

「……ん……お風呂に……入るつもりだった、のに……」

「好き。離れたくない」

男前の顔でかわいいことを言われて、うれしくないわけがないのだ。

「……うん……僕も、好き。放したくない」

一路が頬や耳に何度もキスをくれる。行深は一路に愛される歓びを伝えたくて、背中に回した手にぎゅっとその想いを込めた。

10.

行深の誕生日は、行深が二度、生まれた日だ。

最初は、本当の母親に産み落とされた日。そして二十歳の誕生日、新しい世界に立った日。

「誕生日おめでとう、行深」

「ありがとう」

行深は一路の部屋で二十一歳になった。

修羅場の最中だが、誕生日はちゃんとお祝いしてやりたい。

さすがに俵形おにぎり味海苔巻きなんていう、ザ・修羅場メシではなくて、夜にちゃんと油淋鶏《ユーリンチー》風のから揚げ、うにとイクラとサーモンのカルパッチョ、たまごたっぷりポテトサラダを作った。あとはチョコレートケーキに数字の『2』と『1』を挿して。部屋はいつもパーティー会場みたいにちかちかぴかぴかしていて飾りつける必要がないので、行深の頭におもちゃのティアラをのせてやる。

「うちの行深はティアラも似合う。かわいい」

親指を立てて一路が褒めると、行深は苦笑いした。

「さすがにもう二十一歳なので……欲目もちょっとどうかと思うよ……」

誕生日だのパーティーだのという概念のない風太は、いつもどおりキャットタワーの上からふたりをちらっと見下ろし、「邪魔になりそうだからここにいますよ」というように寝転んでいる。

あしたも早起きして原稿の予定なので、アルコールは乾杯のときに一杯ずつ。あとはレモンソーダとジンジャーエールで我慢する。

「はい、これ行深に誕プレ。うちで迎えるはじめての誕生日だからとかすんごい気負って考えちゃって、超迷い、一周し、『妙なものより使えるものを』と実用性を重視して結局なんか普通のやつに……」

リボンがついたショップバッグを一路が「どうぞ」と渡すと、行深は「うわっ、ありがとう」と声を弾ませている。

行深はつねに洋服が不足気味なので、プレゼントその一は衣類だ。

「それはプレゼント一個目ね」

「一個目?」

「あと、こっちは『うにといくらの軍艦巻き』に対するアンサーソング的な、アンサーコミック」

行深は「アンサーコミック?」と目を瞬かせている。

「行深が『うにといくらの軍艦巻き』を描いただろ? だから俺もなんか描きたいなって思

って」

「……擬人化ＢＬ？」

行深の口から『擬人化ＢＬ』なんてにわか知識な言葉が出てくるのは、慎太郎のせいだ。あいつはまったく、と思わなくもないけれど、行深のことを気にかけてくれる、あいかわらずいいやつだ。今度、慎太郎と行深と三人で九州へ温泉旅行に行く約束もあったりする。

「俺のはＢＬではないけど。タイトルは『風太といくらの物語』」

「風太と、僕？」

「降谷一路の部屋で暮らす、風太といくら、二匹の保護猫の話」

茶トラの風太と、『いくら』こと行深のＴｗｉｔｔｅｒアイコンになっている『頭にイクラ三粒をのせた猫』のお話だ。一路が適当に描いたキャラクターは、いまだに行深がＴｗｉｔｔｅｒや近影などで愛用している。

風太は管理がずさんなブリーダーによる多頭飼育崩壊の飼育部屋で保護された猫だ。出会った当初は人を恨むような目つきで、一路は何度も引っかかれたし、なかなか距離を詰めることができなかったけれど、雪解けの春を待つように、風太のほうから歩み寄ってくれるまで見守った。

風太との生活が穏やかなものになってきた頃、今度は『頭にイクラ三粒をのせた猫』が一路の部屋に仲間入りする。それがいくらだ。

風太みたいに毛を逆立てたり爪で引っかいたりはしないけれど、それは危険から自分の身を護る術を知らないから。だからある意味、やさぐれ風太よりやばい。自分の命を自分で護れないってことだ。いくらは生きていく上で必要な、とにかくいろんなこと、いいことも悪いことも知らない。そのまま放っておくと、どこかの野良猫に意地悪をされたり、悪い人間に連れて行かれるかもしれない。

一路はいくらを護り、餌の取り方、悪者から走って逃げる方法を教え、いくらは少しずついろんなことがひとりでできるようになる。だからってさよならはしない。風太といくらと三人でいることがしあわせだから。これからもずっと一緒に暮らすのだ。


ただただ行深のことが愛おしいこと。ここで大好きな絵を描き続けていけるようにと願っていること。行深がまだ知らないことはたくさんあるから、一緒に楽しみたいと思っていること。そしてどんなことがあっても、どんな言葉の刃《やいば》が飛んできても、俺は絶対に行深の味方だし、護ってやりたいと思ってるよ――その気持ちをストレートに『風太といくらの物語』に込めた。

捻《ひね》りもなく、シュールさも、ウィットに富んだジョークも入っていない。行深だけに伝わればいい。

そこに描いたことはすべてすでに本人には伝えてある想いなので、新しい感動はないだろうけれど。

行深は読んでいたアンサーコミックから顔を上げて、一路にほほえんだ。

「……ありがとう、一路くん。プレゼントの服もうれしかったけど、これが最高にうれしい。こんなの、僕以外は誰も貰えないよね」

「……うん、まぁ、そうだな」

なんだかてれくさい。喜んでくれてほっとする。

「僕、これ一生だいじにする。お墓に持ってくから」

「んじゃあ、俺は『うにといくらの軍艦巻き』を忘れずに入れてもらわないと。俺、軍艦巻きキャラけっこう好きだよ。あ、ふたりだけで使う『うにいくら』のグッズ作る？　Tシャツとか。で、いつか著者サイン会にふたりで着ていく……ってのが目標」

「あはは、いいね」

ちかちかぴかぴか、夢と希望が光る部屋で、これからもふたりと一匹の物語を描いていこう――そんなふうに行深の誕生日に誓った。

あとがき

こんにちは。ルチル文庫様で一作目を出していただいたのが二〇一七年。このたび二作目『保護猫と甘やかし同居始めます。』の刊行となりました。ありがとうございます！「二〇二一年だとオリンピックが終わってますね～」なんて当時は話していましたが、延期になり、まだオリンピック開催前ですよ。びっくりですね。

そんな長期化する自粛生活の中で、読者様にとって本作がいっときの癒やしになりますようにと願いながら、あとがきを書いております。

今回のお話は「えっちを知らないで生きてきた人を書きたいんですけど……」というところから出発しました。人は人と関わらずに生きてはいけないですし、大人から子どもまでスマホやタブレットを操作するのが普通の時代です。ネット環境が整い、情報が溢れる社会なので、普通に考えたら「えっちを知らない」はあり得ない。

こういうネタ出しをする段階で「どうしてえっちを知らないで生きてきたのか？」は決めていません。ただ「そういう人がいたらおもしろい」という小さなフックに指を引っかけて、ゴールが見えないほど高い壁を登り始めます。プロットのときに「どうして知らないの？」「それからどうなった？」の部分を考えるので、「あ、これ成立しませんね。ムリですね」や「キャラを好きになれそうにないなぁ」となり、結果ボツることもあります。

今作も現代BLとはいえ特殊な設定のため、苦労した部分もたくさんありましたが、最後は書き上げたキャラたちのしあわせを願うようなあたたかい気持ちになりました。読んでくださった方にも、そんなふうに感じていただけたらいいなと思っております。あ、ニョッキを炒めるのほんとにおすすめなので、やったことないよって方はぜひお試しください。

イラストは、はじめましての金ひかる先生です。カバー・口絵・挿絵、どこを見てもかわいいですよね！　一路はやさしさが溢れる大人の漢、行深は無垢さもありつつ好奇心いっぱいで、光のオーラを放っているようです。ふたりとも魅力的に描いていただき、とてもうれしかったです！　ありがとうございました。

担当様。初っぱなですっころんでだいぶご心配おかけしましたが、なんとか立ち上がって書ききることができました。途中でつまずきながらも完走できたのは、何度も「だいじょうぶ！」と背中を押してくださったおかげです。本当にありがとうございました。

最後に読者様。お買い上げ、お読みいただくだけでも本当にありがたいなぁという気持ちですが、お手紙をくださる方、ツイッターでご感想や応援をしてくださる方、わたしの知らないところでおすすめやレビューを書いてくださる方など、感謝の気持ちでいっぱいです。

一路の言葉を借りますが、一路と行深が皆様の心に息づいていたらいいなと思います。

またこうして、ルチルさんでお会いできますように。

二〇二一年四月　　　川琴ゆい華

✦初出　保護猫と甘やかし同居始めます。……………書き下ろし

川琴ゆい華先生、金ひかる先生へのお便り、本作品に関するご意見、ご感想などは
〒151-0051 東京都渋谷区千駄ヶ谷 4-9-7
幻冬舎コミックス　ルチル文庫「保護猫と甘やかし同居始めます。」係まで。

幻冬舎ルチル文庫

保護猫と甘やかし同居始めます。

2021年5月20日　　第1刷発行

✦著者　川琴ゆい華　かわこと ゆいか

✦発行人　石原正康

✦発行元　株式会社 幻冬舎コミックス
〒151-0051 東京都渋谷区千駄ヶ谷 4-9-7
電話 03(5411)6431[編集]

✦発売元　株式会社 幻冬舎
〒151-0051 東京都渋谷区千駄ヶ谷 4-9-7
電話 03(5411)6222[営業]
振替 00120-8-767643

✦印刷・製本所　中央精版印刷株式会社

✦検印廃止

ISBN978-4-344-84865-8　C0193　Printed in Japan